U0139673

黑塞精选集

Hermann Hesse
1877—1962

［德国］赫尔曼·黑塞 著

Hermann Hesse

李贻琼 译

Unterm Rad

在轮下

译林出版社

图书在版编目（CIP）数据

在轮下 /（德）赫尔曼·黑塞著；李贻琼译．—南京：译林出版社，2022.8（2022.10重印）
（黑塞精选集）
ISBN 978-7-5447-9153-3

Ⅰ.①在… Ⅱ.①赫… ②李… Ⅲ.①长篇小说－德国－现代 Ⅳ.①I516.45

中国版本图书馆 CIP 数据核字（2022）第 068066 号

在轮下 ［德国］赫尔曼·黑塞／著 李贻琼／译

责任编辑 冯一兵
装帧设计 廖 韡
校　　对 陈 锐
责任印制 董 虎

出版发行 译林出版社
地　　址 南京市湖南路 1 号 A 楼
邮　　箱 yilin@yilin.com
网　　址 www.yilin.com
市场热线 025-86633278
排　　版 南京展望文化发展有限公司
印　　刷 苏州市越洋印刷有限公司
开　　本 787 毫米 ×1092 毫米 1/32
印　　张 6.75
插　　页 10
版　　次 2022 年 8 月第 1 版
印　　次 2022 年 10 月第 2 次印刷
书　　号 ISBN 978-7-5447-9153-3
定　　价 45.00 元

扫码收听音频讲解

（可供三个微信号扫码免费收听）

　　讲解人：李双志，德国柏林自由大学文学博士，2014—2016年在德国哥廷根大学从事博士后研究，2017年起任教于复旦大学德语系。长期从事现当代德语文学与美学思想研究，也热衷于翻译德语文学和学术著作。出版研究专著三部，译著有《荒原狼》、《风景中的少年》、《浪漫派的将来之神》、《德意志悲苦剧的起源》(合译)、《比利时的哀愁》、《现代诗歌的结构》等。

眺望山谷，1919

蒙塔尼奥拉的房舍，约 1920

带条纹遮阳篷的房子，1921

山谷里的工厂，1921

黑 塞 自 述 [1]

　　1877 年 7 月 2 日，我出生在黑森林地区的卡尔夫。我的父亲是波罗的海日耳曼人，来自爱沙尼亚；我的母亲方面，她的父母是施瓦本人和法裔瑞士人。我的祖父是一位医生，外祖父是一位传教士和印度学家。我的父亲也曾在印度短暂做过传教士，母亲年轻时在印度生活过几年，并且在那里传过教。

　　我的童年是在卡尔夫度过的，后来我搬到巴塞尔住了几年（1880—1886）。我的家人国籍各不相同，我就在两个不同民族间成长起来，生活在两个方言各异的国家里。

　　我在符腾堡的寄宿学校度过了大半的学生时代，还在毛尔布伦修道院的神学院学习过一段时间。我的成绩不

1　本文作于黑塞获诺贝尔文学奖之时，收入霍斯特·弗伦茨所编《诺贝尔奖演讲录：文学奖，1901—1967》（阿姆斯特丹爱思唯尔出版公司，1969）。

错，拉丁语很好，只不过希腊语普普通通；但我是个不太服从管教的孩子，很难适应虔敬派的教育体制——这种教育的目标是压制与摧毁人的个性。从十二岁起，我就想成为诗人；对于成为诗人来说，并没有什么常规的或者是官方的路径，所以为了决定离开学校后该做什么，我很是苦恼过一些时候。后来，我离开神学院和文理中学，跟随一位工匠做学徒；十九岁时，辗转工作于图宾根和巴塞尔的多家书店与古董店。1899年，我的一小卷诗集付梓，随后又有其他几部篇幅不大的作品问世，但都默默无闻。直至1904年，我在巴塞尔写就、以瑞士为背景的小说《彼得·卡门青》大获成功。我放弃了售书的工作，娶了一名巴塞尔女子，养育了几个儿子，并搬到了乡间。彼时，远离城市与文明的乡村生活就是我的目标。从此，我一直生活在乡村，先是在盖恩霍芬的康斯坦茨湖畔居住到1912年，后来搬到伯尔尼附近，最终在离卢加诺不远的蒙塔尼奥拉定居下来，至今还住在这里。

1912年，我定居瑞士，不久第一次世界大战爆发，年复一年，让我愈加抵触德国的民族主义；自从我对群众性的建议和暴力进行了悄声抗议后，我就持续受到来自德国的攻讦，谩骂的信件也如洪水般涌来。德国官方的恨意在希特勒时期达到了顶峰，不过都被这些所抵消：年轻一代追随我，他们以国际性与和平主义的思维进行思考；我与罗曼·罗兰结下了友谊，这份友谊持续到他离世；远在印度、日本等国家，也有人与我有同样想法，并表达支持。希特勒垮台之后，我在德国重获认同，但由于受到纳粹的压制和战争的破坏，我的作品还没有得到再版。

1923年，我放弃了德国国籍，成为一名瑞士公民。第一次婚姻结束后，我独自生活了多年，后来再婚。诚挚的朋友们在蒙塔尼奥拉为我准备了一栋房子。

在1914年以前，我热爱旅行；我经常前往意大利，还曾在印度生活过几个月。此后，我几乎完全放弃了旅行，有十多年没有出过瑞士。

希特勒统治时期以及第二次世界大战爆发后，我花费了十一年的时间来创作两卷本小说《玻璃球游戏》(1943)。完成这部长篇作品后，由于眼疾发作，加上年老带来的其他各种疾病，我无法再从事更大篇幅的创作。

在西方哲学家中，对我影响最大的是柏拉图、斯宾诺莎、叔本华、尼采，以及历史学家雅各布·布克哈特。但他们对我的影响都没有印度哲学和稍后的中国哲学那样大。我对美术相当熟稔，也很喜欢，但与音乐的关系更为亲密，受到的启发也更多。从我多数的作品中，都可以看到这一点。在我看来，我自己特点最为鲜明的作品是诗歌（诗集，苏黎世，1942），小说则包括《克诺尔普》(1915)、《德米安》(1919)、《悉达多》(1922)、《荒原狼》(1927)、《纳尔奇思与歌尔得蒙》(1930)、《东方之旅》(1932)、《玻璃球游戏》(1943)。《回想录》(1937，1962年增订版）涵括了诸多自传性内容。我的政治随笔集最近在苏黎世出版，书名是《战争与和平》(1946)。

先生们，希望我这极为简略的概述能令你们满意，我的健康状况已不允许我更为详尽地进行下去了。

（韩继坤　译）

目 录

第一章

作为中间商和代理人的约瑟夫·吉本拉特，在同胞中没什么突出特点或与众不同之处。他和大家一样身材魁梧，体格健壮，有点经商天分，对金钱真诚而由衷地崇拜。此外，他拥有一座花园小洋房、一块家族墓地和在岁月中变得开明的宗教信仰。他对上帝、对当局保有得体的尊敬，盲目地遵守清规戒律。他偶尔喝点酒，但绝不会醉。有时做点不大合规的生意，却从不出格。他骂没钱的人是穷鬼，也骂富人的摆阔。他是市民协会会员，每周五晚去"天鹰"俱乐部玩九柱球游戏。此外，烘烤日、前餐和香肠汤的品尝活动他也绝不会错过。他平日上班只抽廉价雪茄，饭后及周日吸点好牌子的。

约瑟夫的精神生活是典型小市民的，心智久已布满尘埃。除了传统而严格的家庭观念、对儿子的自豪以及偶尔对穷人发发善心外，没有更多可圈可点之处。他的智商不过表现为一点与生俱来的小聪明和算计才能，阅读仅限于浏览浏览报纸，艺术享受方面，看看市民协会举办的业余爱好者的演出，间或欣赏一下马戏表演，对他来说就足够了。

如果把约瑟夫的名字与住所随便和某个邻居调换一下，也不会有任何改变。他内心深处怀疑所有超常的能力与人格，出于妒忌的本能对任何超凡脱俗、更自由更高贵的精神力量抱有敌意，这一点和本城所有其他父亲没什么两样。

好了，关于约瑟夫我们就说到这儿，他平庸的生活及未被意识到的悲剧色彩，还是留给某个深刻的讽刺家去描述吧。约瑟夫有个独子，他才是我们这本书的主角。

汉斯·吉本拉特是个才华出众的孩子，这只消看一眼他在众多孩子中显出的文雅与独特就够了。黑森林地区的偏僻小镇还没出过这样的人物，本地人的见识与影响力从未超出地区狭小的范围。天知道男孩那严肃的目光、聪颖的前额与优雅的步态从何而来。或许是母亲的遗传？她去世多年，生前给人的唯一印象就是脆弱和郁郁寡欢，在父亲身上也断然看不到这些品质的痕迹。难道真有什么神秘的火花从上苍降临古老的小镇？在它八九百年的历史中虽然孕育了许多能干的市民，但像这样的奇才和禀赋还从没有出现过。

　　一个受过现代教育的旁观者，鉴于羸弱的母亲和漫长的家族史，也许会断言这超常的智商意味着某种蜕化的开始。幸运的是小城没有这样的人，只有几个年轻机灵的公务员和教书先生，借助报刊杂志隐约知道所谓"现代人"的存在。在这里，人们无需知晓《查拉图斯特拉如是说》[1]也能生活得很好，也算得上受过教育。他们婚姻稳定，大多数家庭幸福美满，维系着一成不变的老式生活。他们生活优裕，饱食终日，无所事事，过去的二十年间，一部分人从手工业者成长为工厂主，对官员恭敬有加，争相交往，私下却叫他们穷鬼或"笔杆子奴才"。奇怪的是，尽管如此，他们最大的野心还是让自己的儿子去上大学，将来好能做官。可惜这点愿望往往也成为无法实现的好梦，因为他们的子女往往要费尽九牛二虎之力，甚至留级才能勉强读完高中。

　　汉斯·吉本拉特的天分无人怀疑。老师、校长、邻居、本城牧师、他的同学，所有人都认为这小伙子天资聪颖，出类拔萃。这一点也决定了他的未来。在施瓦本地区，除

1　尼采的里程碑式作品，几乎包括了尼采的全部思想。是尼采假借查拉图斯特拉之名说出他自己的哲学思想，具有极高文学价值的散文诗。

非父母有钱，否则有天赋的孩子只有一条路可走，那就是通过地区考试进入教会学校，然后进入图宾根神学院，从那儿走上布道坛或讲台。年复一年，会有三四十个孩子走上这条寂寥而相对保险的路。这些用功过度、身体瘦弱的孩子，行过坚信礼后，在国家的资助下完成人文科学的各门课程，八九年之后踏上他们人生的第二阶段，往往也是更加漫长的一段旅程。那时也该偿还国家的资助了。

再过几周就是各州的大考了，这是每年的百牲大祭，国家借此机会选拔各州的才智精英。届时各州首府将成为众多家庭关注的焦点，从城市到乡镇，人们朝着它的方向叹息、祈祷、祝愿。

汉斯·吉本拉特是小城派去参加这场激烈竞争的唯一人选。对汉斯来说，这固然是莫大的荣誉，但也绝不是件易事：每天，学校的课程上到下午四点，然后校长给他补希腊文。六点钟，热心的牧师帮他辅导拉丁文和宗教课。晚饭后，数学老师每周给他辅导两次，每次一个小时。希腊课上，除了不规则动词之外，主要学习小品词连句的各种表达方法。拉丁文要着重掌握简洁明晰的风格，尤其是了解诸多诗歌韵律的细微差别。而数学课则重点学习复杂的比例运算法则，老师经常强调，这些法则看起来对将来的学业和生活未必有用，但这只是表象，它的重要性甚至超过某些主课，因为它训练大脑的逻辑思维能力，是清晰、冷静、卓有成效的思考的基础。

为了避免负担过重，不致因智力训练而疏忽了对心灵的照拂，每天早晨开课前一个小时，汉斯可以去听坚信礼课程。从布伦茨的教义问答手册中，在熟记并背诵问题与答案时，让宗教生活那振奋人的气息滋润他年轻的心灵。只可惜这本该神清气爽的时刻，汉斯却毫无兴致，自己放弃了天赐之福，把时间都用在学习世俗科学上了。他把事先准备好的纸条偷偷塞进教义问答手册，都是些希腊文、拉丁文单词或练习题。在偷偷摸摸做这些小动作时，他会经常良心不安。每次教长走到身边，或只是叫到他的名字，他都会胆战心惊。轮到他回答问题时，他额头上沁满汗珠，心跳加速。但他的答案总是准确无误，发音也无可指责。教长对此十分看重。

夜晚，他在家里舒适的灯光下完成白天累积的默写或背诵作业，并复习和预习，在安静怡然的家庭气氛中完成课业。他因"其深刻的促进作用"而受到班主任的推崇。周二与周六一般要学习到十点，其他日子到十一二点甚至更晚。父亲有时抱怨太费灯油，但看到孩子勤奋努力，满意与骄傲之情油然而生。偶尔有点闲暇时间，或者星期天——它毕竟占了我们生活中七分之一的时间——总有人劝他抓紧时间读一些学校没有涉及到的作家的作品，或是复习复习语法。

"当然了，要适度，适度！一个星期散一两次步还是必要的，这会产生意想不到的效果。天气好的时候，拿本书到户外去读一读——你会发现，在空气清新的大自然里读书是件多么惬意的事！总之，你要振作起来！"

于是汉斯尽量打起精神，散步时也不忘学习。他明显睡眠不足，眼圈发黑，像被驱赶着默默地四处游荡。

"您觉得吉本拉特怎样？他能通过吗？"一次班主任这样问校长。

"那当然，"校长兴奋地说，"他可不是一般的聪明，简直就是超凡脱俗的化身，这一看便知。"

最后一个星期，这超凡脱俗更加显而易见了。男孩俊美柔和的脸上，一双深陷的、不安的眼睛闪着忧郁的光，漂亮的额头上颤动着高贵、智慧的皱纹，原本瘦弱的臂膀和双手疲倦而优雅地垂下，让人想到波提切利[1]。

---

1 意大利画家，欧洲文艺复兴早期佛罗伦萨画派的最后一位画家，代表作有《春》、《维纳斯的诞生》等。

这一刻终于就要到了。明天一早，他将和父亲一道前往斯图加特参加州立大考，来证明自己是否有资格通过那扇窄门进入神学院。他刚刚和校长道过别。平日令人生畏的"君主"在结束谈话时异常柔和地说："答应我，汉斯，今晚不要再学习了，明天要以饱满的精神去斯图加特。回去散一个小时的步，然后准时上床，年轻人要保证足够的睡眠。"本来担心迎接自己的会是一大堆忠告，没料想受到如此关心，走出校园门口时，汉斯大大松了口气。

教堂山上高大的椴树在夏日炎热的傍晚无力地闪耀着。集市广场上，两眼大喷泉淙淙流淌，炫人眼目。不远处的山上，深青的冷杉林越过参差不齐的屋顶望过来。此刻，这久违了的美景在男孩眼中显得无比秀丽、迷人。虽然头还痛，但今天终于不用学习了。

他漫步走过集市广场，经过古老的市政厅，穿过集市街和刀匠铺来到老桥上。他在桥上来回走了几趟，然后坐在宽宽的栏杆上。几个月来，他每天往返两次经过这里，却从未留意桥边精巧的哥特式教堂，也没注意过桥下的河水、水闸、堤坝和磨坊，甚至没看一眼水草和柳岸。岸边的鞣皮场建筑鳞次栉比，幽深的河水像湖水，碧绿而沉静，尖细的柳枝弯弯地垂到水面上。

自己曾在这里度过了多少美好的时光啊：游泳、潜水、划船、钓鱼……唉！说到钓鱼，他几乎都要忘了，快荒废了这门手艺。去年，为了准备考试，父亲严令禁止他再去钓鱼，让他伤心地哭个不停。钓鱼是他漫漫学习生活之余最喜欢的活动：站在稀疏的柳荫下，听磨坊水闸近在耳边的沙沙声，深沉平静的水面上，光影与河水嬉戏，长长的鱼竿在水面轻轻晃动。等到鱼咬钩，提起鱼竿的那一瞬间，抓住清凉肥胖、不停扭动尾巴的鱼儿时，那快乐简直无法用言语表达！

他的确钓到过一些肥美的鲤鱼，还有白鲢、鲃鱼、鲜美的丁鲹、色彩绚丽的真鲹。他久久地凝视水面，望着小河转弯的地方，若有所思，内心涌起些许哀怨，觉得美好、自由、有点狂野的小男孩的快乐时光正在离他远去。他机械地从口袋里掏出一块面包，掰成大大小小的碎块，扔进水里，看着它们慢慢沉入水中，被鱼儿吞下。首先游过来的是体态娇小的"金陷阱"和拟白鱼，它们贪婪地吃掉小块面包，饥渴的嘴唇不断去碰那些大块面包，同时在水面上画出"之"字形波纹。接着，个头较大的白鲢慢慢地、小心翼翼地靠近，它宽阔的深色脊背在水面下隐约浮现，不慌不忙地绕着面包块转来转去，然后突然张圆了嘴把它吞下。河水缓缓流淌，河面飘来一股湿热的香气，几朵淡云模糊地倒映在碧绿的河面上。磨坊的圆锯嘎吱作响，与清冷而低沉的水闸声彼此呼应。汉斯想到不久前行坚信礼的那个星期天，在庄严而动人的一瞬间，他发现自己心里却想着某个希腊文动词。最近，他经常这样思绪混乱，在学校也不能专注于眼前的功课，总是想着以前学过的或后面要学的东西。

要是考试时也这样可就糟了！

他心不在焉地起身，一时拿不定主意该去哪里。就在这时，一只有力的手按住他的肩膀，吓了他一跳，耳边响起一个男人亲切的声音：

"你好啊，汉斯，和我一起走走吧！"

原来是鞋匠弗拉伊格。以前，汉斯晚上经常去他那儿待上一会儿，不过这已经是好久以前的事儿了。两人并肩走着，汉斯心不在焉地听着这位虔信派教徒和他说话。说起考试，弗拉伊格祝他好运，给他鼓劲，但其宗旨还是告诉汉斯，考试是身外之物，存在着偶然性，万一考不好也不是什么丢脸的事，学得再好也可能因运气不佳而落榜。假如结果真的不那么理想，要相信上帝对每个人都自有安排，会引导他们走自己的路。

面对鞋匠，汉斯多少有些惭愧。他曾经非常尊敬他，佩服他坚定而高贵的品性，但是，听到别人揶揄虔信教教友时，他也一起笑话过他，其实他知道鞋匠本人并非如此。此外，他也为自己的怯懦感到羞愧。一段时间以来，他总是躲着鞋匠，怕他给自己提些尖锐的问题。自打成为老师们的骄傲后，他变得有些得意忘形了，弗拉伊格师傅常常用一种奇怪的眼神望着他，试图让他变回到那个谦恭的孩子。男孩的心渐渐疏远了这位心灵导师，他是学生中的骄傲之花，任何触及自尊心的话都会让他感到不快。这会儿，和滔滔不绝的弗拉伊格走在一起，他并不明白鞋匠正充满忧虑和善意地在关心他。

他们在王冠街碰上了牧师。鞋匠得体而冷淡地和他打个招呼，便声称有事匆匆离开了。牧师是个新派人物，名声在外，据说连耶稣复活都不信了。牧师让男孩跟他一起走走。

"还好吗？"他问道，"这一天就要到了，你应该很高兴吧。"

"是的，我感觉很好。"

"嗯，你要好好干！你知道，我们大家都把希望寄托在你身上了，我尤其希望你的拉丁文能拔得头筹。"

"可是，假如我落选了呢？"汉斯腼腆地问。

"落选?！"牧师惊愕地站住了，"那不可能，绝不可能！你怎么冒出这样的想法！"

"我只是说，万一……"

"不会的，汉斯，这不可能，你放宽心好了。回家去，也给父亲带个好。你要坚定信心！"

汉斯目送他离开，回头寻找鞋匠的身影。他又是怎么说的？只要心地坦荡，敬畏上帝，拉丁文好不好并不那么重要。他说得倒好，可现在又跑来这个牧师！假如拉丁文不及格，怕是没脸见他了。

他沮丧地悄悄回家，走进有个小斜坡的花园。这里有个早已废弃的破败的花园小屋。当年，他在这里用木板搭了个小窝，养了三年兔子。去年秋天，家里人为了让他专心准备考试，把兔子送走了，因为他"不该把时间浪费在这些小动物身上"。

花园也久未光顾了。空荡荡的棚屋看上去年久失修，墙壁一角的石笋已经坍塌，木制小水车也变了形，破旧不堪地躺在水管边上。他回想自己在搭建和制作这些东西时是那么快乐！算来已经两年了，好像过了一辈子似的。他拿起小水车，四处弯一弯，折一折，然后掰断了扔到栅栏外。不要了！这一切都结束了，都已经成为过去！他想起小学时的好朋友奥古斯特，想起他帮自己做水车，修兔窝，整个下午陪他在花园里玩耍，打弹弓，追兔子，搭帐篷，把生甜菜当下午点心……然而，此后汉斯一直在没完没了地准备功课，当年的好友也各奔前程了。奥古斯特一年前离开学校当了机工学徒，这以后只露过两回面。当然，他现在也没有闲暇时间了。

云的影子匆匆掠过山谷，太阳就要落山了。有一瞬间，男孩真想扑倒在地，号啕大哭，但他忍住了。他从工具棚取出一把短柄斧，瘦削的胳膊在空中挥舞，把兔窝砍了个七零八落。木片四处飞舞，钉子被砸弯，咯吱咯吱地响，一些去年夏天已经腐烂的兔饲料被翻了出来。他就这样乱舞乱砍着，仿佛这样才能把他对兔子和对奥古斯特的思念，对他所有孩童时代的思念和眷恋一扫而光。

"嘿，嘿，嘿，这是怎么啦？"父亲从窗户里喊道，"你在干什么？"

"劈柴！"

除此之外他什么也没说，把斧子扔了，穿过花园奔到巷子里，沿河岸向上游走去。啤酒坊附近露天停着两只绑在一起的筏子，他曾在夏季温暖的午后，坐着这种筏子一连几个小时在河上漂流。河水在树干之间拍击的声音让他既兴奋又昏昏欲睡。他跳到松散地漂浮着的树干上，躺到一堆柳条上，想象着木筏在水面上漂移，疾一阵缓一阵，流经草地、田垄、村庄和凉爽的森林边，流过桥洞和打开的水闸。他躺在那儿，仿佛一切又回到了从前，他还在卡普夫山上给兔子割草，在岸边鞣皮场的园子里钓鱼，既不头痛也没有烦恼。

他疲倦而厌烦地回家去吃饭。父亲为即将到来的斯图加特之行激动不安，一会儿问他书是否装进箱子，一会儿又问黑西装放好没有，路上要不要再看看语法，身体感觉如何……汉斯的回答简短而刻薄，饭也吃得很少，匆忙道了晚安便要离开。

"晚安，汉斯，好好睡一觉！我明天早晨六点叫你，'那本'词典没忘吧？"

"没有，我没忘。晚安！"

汉斯没有立刻睡觉，而是在自己的小屋坐了很久。参加考试带给他的唯一好处就是有了自己单独的房间，他是这儿的主人，不会被打扰。他曾在这里与疲劳、困倦和头痛做斗争，坚忍、倔犟、充满雄心，在恺撒、色诺芬、形形色色的语法、词典和数学作业中度过漫漫长夜，经常处于绝望边缘。偶尔也有一些充满自豪、迷醉和胜利感的奇妙时刻，让他觉得比起小男孩的游戏乐趣来说，有些东西更有价值，能让他摆脱学校、考试和其他的一切，进入一个更高的境界。这时，一种狂妄的幸福感攫住了他，他觉得自己的确比他那些圆脸蛋、性情开朗的同学们强，有朝一日可以站在高处俯视他们。此刻，他深吸一口气，仿佛一股更加清新自由的空气吹进小屋。他躺到床上，让自己渐渐融入梦幻、期望和想象，淡淡的睫毛慢慢盖住他劳累过度的大眼睛，睁开，眨几下，又合上了。他苍白的头垂到瘦削的肩膀上，细弱的胳膊疲倦地伸开。男孩和衣而睡，睡眠像慈母的手臂抚平他内心汹涌的波涛，在他漂亮的额上展开些细小的皱纹。

这简直是闻所未闻！一大清早，校长特意赶到车站来送行。父亲吉本拉特穿着黑色小礼服，又高兴又骄傲，激动得不能自已，紧张地围着校长和汉斯跑来跑去，接受着站长和铁路员工对他们旅途和考试的祝福，小硬皮箱一会儿从左手换到右手，一会儿又从右手换到左手，雨伞一会儿夹在胳膊下，一会儿又夹在两腿间，结果掉了好几次。每掉一次，他只好把箱子放到地上，去捡雨伞，弄得好像这次是要去美国，而不是往返一趟斯图加特而已。儿子虽然也紧张得要命，但看上去很淡定。

列车进站了，旅客们陆续上车，校长挥手和他们告别。父亲点燃一支雪茄，望着小城和河流渐渐消失在下面的山谷中。这次旅行对父子俩来说都是一种折磨。

到了斯图加特，父亲忽然活跃起来，变得高兴而随和，也会来事了，是因为小镇上的人来到大都市的那种兴奋感觉吧。汉斯却越来越沉静，越来越害怕。城市的景象让他感到压抑：陌生的面孔，奢华过头的、花里胡哨的高楼大厦，漫长得令人疲倦的道路，有轨马车和街上的喧哗，这一切都让他望而生畏，让他痛苦。他们寄住在姑妈家，陌生的环境、姑妈的热情和健谈、漫无目的的长时间呆坐，还有父亲没完没了的劝说，几乎要把男孩压垮了，他蹲在这房间里，只觉得陌生和迷失。姑妈和她城里人的装扮、大花纹的台布、挂钟、墙上的画，还有从窗口望出去熙熙攘攘的大街，这一切都让他感觉自己被出卖了，好像已经离开家一辈子了，自己辛辛苦苦学会的东西仿佛也一下都忘了。

下午，他本打算再仔细复习一遍希腊文小品词，但姑妈提议去散步。汉斯眼前浮现出碧绿的草地，仿佛听到森林里树叶的沙沙声，于是他欣然点头同意。但很快他就发现，在城里散步和家乡完全是两码事。

他是单独和姑妈去的，父亲要去城里看个人。刚到楼梯口就遇上了麻烦。他们在二楼碰到一个傲慢的胖女人，姑妈对她行了个礼，那女人就开始滔滔不绝地说起来，一直聊了一刻钟。汉斯靠在一边的楼梯扶手上，女人的小狗在他身边嗅来嗅去，还对着他汪汪叫。他隐约感到她们也在谈论他，因为陌生胖女人的目光越过夹鼻眼镜对他上上下下打量着。好不容易来到街上，姑妈又一头钻进商店，待了好一会儿才出来。这期间，汉斯胆怯地站在街上，被过路的行人推来搡去，街头小混混们也拿他取笑。姑妈从商店出来，递给他一块巧克力，他礼貌地道了谢，虽然他并不爱吃巧克力。在下一个路口，他们上了有轨马车，在不断的铃声和拥挤的车厢里穿过一条又一条街道，来到林荫大道和一片绿地。喷泉在喷水，栅栏围着的花园里鲜花盛开，小小的人工池塘里，金鱼游来游去。两人夹在散步的人群中间，上上下下、来来回回地转圈溜达，看着一张张面孔、各式各样漂亮的服装、自行车、轮椅、婴儿车，听着嘈杂的人声，呼吸着燥热的、夹杂着尘土的空气。最后，他们挨着旁人坐在长椅上。这期间，姑妈一直不停地说，现在她终于喘口气，慈爱地望着男孩，催促他吃巧克力。可是他不想吃。

"天哪，你不是不好意思吧？没事，吃吧，快吃吧！"

他拿出巧克力，磨磨蹭蹭地撕开锡纸，咬了一小口。他实在不喜欢吃，但又不敢对姑妈说。就在他含在嘴里准备往下咽的时候，姑妈在人群中发现了熟人，直奔过去。

"你在这儿坐着，我去去就来。"

汉斯松了口气，借机把巧克力远远地扔到草地上，两腿有节奏地晃荡着，观察着往来的行人，觉得自己好不幸。然后，他开始试着背不规则动词，结果吓了一跳，他几乎背不出来了！他把所有东西都忘了，而明天就要考试了！

姑妈回来了。她打听到今年有一百一十八个考生参加州试，只录取三十六名。这消息让男孩的心倏地一下掉到了深渊，回家的路上他一句话也不说。到家后他开始头痛，什么也不想吃，情绪沮丧，还被父亲一顿臭骂，姑妈也开始讨厌他了。夜里，他睡得很沉，被可怕的梦魇追逐着。他梦到自己和一百一十七个考生坐在教室里，监考老师一会儿是本城牧师，一会儿是姑妈，在他面前堆起小山似的巧克力让他吃掉。他一边流泪一边吃巧克力，看着别的孩子陆陆续续站起来，消失在门后。别人把自己面前的巧克力山都吃掉了，他的那堆却越来越大，堆满了桌子椅子，多到他几乎要窒息在里面。

第二天早晨喝咖啡的时候，汉斯不停地看表，生怕误了考试时间。此时此刻，家乡的很多人都在惦记着他。首先是鞋匠弗拉伊格，正在早餐前为他祈祷，全家人包括伙计和两个学徒围着桌子站成一圈，在每天例行的早祷后又加上了一句："圣主啊，请您保佑汉斯·吉本拉特吧！他今天考试。请为他赐福，给他力量，让他成为您圣名的正直、勇敢的布道者！"

牧师虽然没有祈祷，但他在早餐时对妻子说："汉斯·吉本拉特正在走向考场，他一定会出人头地、备受瞩目。这么说来，我的拉丁课也算没白上。"

班主任在上课前对班里的孩子们说："现在，斯图加特州试就要开始了，让我们一起祝吉本拉特好运吧！虽然他并不需要这些，他一个人顶你们十个懒汉。"同学们也在想着他，特别是那些为他打了赌的人。

诚心诚意的祈祷和关怀能够穿越漫长的距离影响远方的人，汉斯能感觉到家乡人民对他的惦念。他在父亲的陪伴下，诚惶诚恐地走进考场，听着监考的指令，像罪犯走进刑讯室一样，胆怯而惊恐地扫视一下挤满了脸色苍白的孩子们的大考场。主考官走进来，要求全场肃静，然后开始口授拉丁文写作练习题。汉斯松了口气，题简单得可笑，他迅速地、几乎是兴高采烈地打好草稿，然后不慌不忙地誊写到干净纸上。他是第一批交卷的学生。虽然回姑妈家时走错了路，在炎热的街上乱转了两个小时，但这并没破坏他已经重新找回的心理平衡，反而很高兴能摆脱姑妈和父亲一会儿。走在首府陌生嘈杂的街道上，他感觉自己像个勇敢的冒险家。经过一番周折终于找到家后，迎接他的是劈头盖脸的一大堆问题："怎么样？考得好吗？你都会吗？"

他骄傲地答道："题很简单，我五年级就会翻译这些东西了。"

然后，他狼吞虎咽地吃起饭来。

下午没什么事，父亲带他走访了一些亲戚朋友。在其中一家碰到个穿黑衣服的羞涩男孩，他是哥平根人，也来参加考试。大人们让他俩单独待在一起，两个小伙子腼腆而好奇地打量着对方。

"你觉得拉丁文怎么样？简单吧？"汉斯问。

"太简单了，不过越简单越容易出错，因为会让你麻痹大意，里面往往藏着陷阱。"

"你这么想？"

"当然，出题的先生们可不是傻瓜。"

汉斯有点吃惊，陷入了沉思。然后，他怯生生地问："你考题在这儿吗？"

男孩拿出他的本子，两人一起把文章逐字逐句过了一遍，哥平根小伙子看起来很精通拉丁文，至少他提到的两个语法名称是汉斯从来没听过的。

"明天考什么？"

"希腊文和作文。"

接下来，哥平根男孩打听汉斯他们学校来了几个考生。

"没别人，"汉斯说，"就我一个。"

"哦，我们哥平根来了十二个！其中有三个特别聪明，大家估计他们会名列前茅，去年的状元就是我们哥平根的。——如果考不上，你会上全科中学吗？"

汉斯还从来没有想到过这一层。

"不知道……不，我想我不会去的。"

"是吗？我肯定是要上大学的，如果这次落榜，我妈送我去乌尔姆。"

这让汉斯感到肃然起敬，这十二个哥平根孩子以及其中三个特别出色的，都让他感到害怕。如果考不取，他简直无地自容了。

回到家，汉斯坐下来又把带 mi 的希腊文动词仔细复习了一遍，拉丁文考试他一点不怵，这方面他很自信，可是希腊文就另当别论了。他喜欢希腊文，甚至对此着迷，但仅限于阅读。尤其是色诺芬的文字，那么优美、动人、鲜活，听上去明快、漂亮、铿锵有力，有一种轻盈自由的魅力，而且容易理解。可是一涉及语法或德文翻译成希腊文，他立刻觉得自己像进了迷宫，到处是相互抵触的规则和变化，感觉像刚学的时候一样，那时连字母表还不认识呢。

第二天果真考希腊文，接下来是作文。希腊文的考题很长，相当难，作文题目也很棘手，并且容易产生歧义。十点以后，考场变得闷热难当，汉斯的钢笔又不好用，等把希腊文答卷誊好时，已经弄坏了两沓纸。考作文时他遇到了麻烦。他旁边坐着个厚颜无耻的家伙，递给他一张写着问题的纸条，捅捅他的腰，让他把答案写下来。考试时和邻座交谈是被严令禁止的，一旦被发现，会强行取消考试资格。汉斯吓得手直哆嗦，在纸条上写了"别烦我"，便不再搭理他。天气太热了，一刻不停地巡视考场的监考老师多次掏出手帕擦脸，汉斯身上厚实的坚信礼服都湿透了，头也开始痛起来。总算交了卷，但汉斯很不满意，觉得错了很多。这次恐怕是考砸了。

吃饭时他一句话不说，不管别人问什么，他只是耸耸肩，表情像个罪犯。姑妈好言安慰，但父亲很着急，脾气也变坏了。饭后，他把男孩带到隔壁房间，要盘问个究竟。

汉斯说："今天没考好。"

"为什么不看仔细了？不会集中点精神吗？真见鬼！"

汉斯一句话不说。当父亲开始骂人时，他涨红着脸，说："你对希腊文不也是一窍不通吗！"

糟糕的是，两点钟他还得去参加口试，这是他最担心的。走在炙热的马路上，他感到非常难受，由于痛苦、恐惧和眩晕，眼睛几乎都睁不开了。

他在一张绿色的大桌子前，面对三位考官先生足足坐了十分钟，翻译了几个拉丁文句子，回答他们提出的一些问题。

接着换了三个老师，他们让他用十分钟翻译希腊文，回答各种问题。最后背一个不规则动词的过去时。汉斯没答上来。

"您可以走了，请走右边那扇门。"

快走到门口时，他忽然想起来，停下脚步。

"您可以走了，"一个老师喊道，"怎么！您不舒服吗？"

"不是的，我想起那个过去时了。"

他朝着房间喊出了答案，看到其中一位先生笑了，然后他涨红着脸跑出考场。他试图回忆刚才的问题和答案，可脑子里乱成了一锅粥，只能想起那张巨大的绿桌子、三个拄着拐杖的严肃的老先生、打开的书和他颤抖着放在上面的手。上帝啊，他都答了些什么呀！

走在路上，他觉得自己在这儿已经待了好几个星期，再也离不开了。家乡的花园，被冷杉映蓝的山峦，河边的钓鱼处，仿佛遥远的、很久以前看到过的图画。唉，如果今天能回家该多好！留在这儿已经没有意义了，考试被自己搞砸了。

他买了个牛奶小面包，在大街上闲逛了一下午，免得回去和父亲啰嗦。终于回到姑妈家时，大家都很担心，他自己则疲惫难当，只喝了点蛋汤就上床睡觉了。明天考数学和宗教，然后就可以打道回府了。

第三天上午的考试进行得十分顺利。这让汉斯觉得一切像个苦涩的玩笑：昨天的主课那么倒霉，今天却顺风顺水。嗨，随它去吧，他现在只想离开这里，赶快回家去！

"考试结束了，现在我们可以回家了。"他对姑妈说。

父亲还想稍作停留，去康斯塔特的疗养园喝喝咖啡。汉斯苦苦哀求，父亲只好让他一个人先回去。家人把他送上车，让他拿好车票，姑妈和他吻别，还带了些吃的东西。列车穿过碧绿的丘陵，汉斯一路上感觉筋疲力尽、精神恍惚，终于看到山上深蓝的冷杉林时，才感到一丝快乐和解脱。他期待着再次见到他的小屋、老女仆、校长、熟悉的低矮教室和所有的一切。

好在车站上没有碰到好奇的熟人。他提着小行李箱，悄悄回家。

"斯图加特好玩吗？"老安娜问他。

"好玩？你以为考试是什么好玩的事吗？我可盼着回家呢。爸爸要明天才回来。"

他喝掉一碗鲜奶，把挂在窗前的游泳裤拽下来，跑了出去。但他没有去大家喜欢去的草地浴场。

他跑到镇子边很远的一个叫作"天平"的地方，那儿河水很深，缓缓流过高大的灌木丛。他换上泳裤，手伸进清凉的水中，又用脚试探了一下水温，不禁打了个寒颤，然后一猛子扎进河中。他迎着和缓的水流慢慢游着，感觉这些天沾在身上的汗渍和恐惧慢慢退去，清凉的河水拥抱着他瘦削的身体，他内心重新涌起对美丽家乡的喜爱。他快游一会儿，休息一下，再接着游，让舒适的清凉和疲乏包围自己，然后脸朝上顺流而下，倾听成群结队、飞转成金色小圈的夜蝇那细小的嗡嗡声，看傍晚的天空被疾速飞翔的燕子划过，被消失在山后的太阳映出蔷薇红。他穿好衣服，悠闲地、有点晕晕乎乎地朝家走去。此时，阴影已笼罩了整个山谷。

路过商人萨克曼家的花园时，他想起小时候和几个小伙伴儿在这儿偷过生李子。走到基什纳木工场，四处依然堆放着白色冷杉木料，他曾在那底下挖过蚯蚓做鱼饵。经过督察员盖斯勒的小屋时，想起两年前自己在滑冰时希望对他的女儿献殷勤，她曾是小城最娇小、最优雅的女生，和他同龄。曾经他最大的心愿就是能和她说说话，拉拉手，可惜没能实现，因为他太害羞了。后来她被送到寄宿学校，汉斯几乎想不起她的模样来了。这些以前的事重新浮上心头，仿佛从遥远之地扑面而来，带着浓烈的色彩和他从未体验过的、奇妙的、充满遐想的气息。在那些美妙的日子里，傍晚时分坐在丽兹·纳邵尔特家门口，一边

25

削土豆皮一边听故事；星期日一大早，裤腿挽得高高地偷偷去堤坝下面捉虾捕蟹，还抓"金陷阱"鱼，然后礼服湿漉漉地回家被父亲揍一顿！那些日子有许多神秘的不可思议的人与事，他已经淡忘很久了：像歪脖子鞋匠施托迈尔，大家都知道他毒死了自己的老婆；传奇人物"贝克先生"，拄着棍子，身背行囊，走遍了整个专区，人们都称他"先生"，因为他以前很阔，有四匹马和一套华丽的马车。现在，关于这些人，除了名字之外，汉斯什么都不知道了。他意识到自己已经失去了这名声不好的小巷世界，却没有鲜活的、更值得经历的事情来替代它。

还有一天的假期，他一觉睡到天大亮，享受着难得的自由。中午去车站接父亲，他依然沉浸在斯图加特带给他的所有享受中。

"如果考试通过了，我可以满足你几个愿望，"他心情不错，"你想想准备要什么。"

"不，不，"男孩叹着气说，"我肯定通不过。"

"傻孩子！在我后悔前最好提出你的要求。"

"那我放假能钓鱼吗？"

"当然可以，只要通过了考试。"

第二天是礼拜天，下了会儿雷阵雨。汉斯在自己的小屋里待了好几个小时，一边读书，一边思考。他仔仔细细回想自己在斯图加特考试的情形，得出的结论是，这次实在太倒霉，绝对没有被录取的希望了。还有可恨的头痛！他越想越怕，终于忍不住，疑虑重重地去找父亲。

"爸爸！"

"怎么了？"

"我想问问，关于我的愿望，我不想去钓鱼了。"

"唔？怎么改主意了？"

"因为……嗯，我想问我能不能……"

"快说，别整这滑稽样儿，说吧，你要怎样。"

"如果这次没考上，我可以去上全科中学吗？"

吉本拉特一时语塞。

"什么？全科中学？"他终于爆发了，"上全科中学？谁给你出的这馊主意？"

"没谁，我就是想想罢了。"

他脸上罩着死一般的恐惧，但父亲丝毫没有注意。

"出去吧，出去吧，"他不耐烦地笑着说，"你大概是紧张过度了。上全科中学，亏你想得出！你以为我拿了经济学勋章吗？"

他不停地挥手表示拒绝。汉斯只得作罢，困惑而失望地走了出去。

"这孩子，"父亲在他身后气恼地数落，"亏他想得出来，上全科中学，想得倒好，你等着吧！"

汉斯在屋外的窗台上坐了半个小时，盯着刚刚擦干净的门廊地板，思索着如果神学院、全科中学和大学都不行的话会怎么样。自己兴许会被送去某家奶酪店或事务所当学徒，一辈子做个可怜的庸碌之徒，过那种他一直鄙视的、想要摆脱的生活。他原本漂亮、聪明的学生脸被愤怒和痛苦扭曲得变了形，他气呼呼地跳起来，啐了一口，随手抓起一本拉丁文选集，用力扔到离他最近的墙上。然后跑出去，冲到雨中。

星期一早上，他去了学校。

"你还好吗？"校长向他伸出手问，"我以为你昨天就会上我这儿来。考得怎么样？"

汉斯垂着头。

"怎么？不顺利吗？"

"我想是的。"

"要有耐心！"老先生安慰他。"也许上午就会有斯图加特的消息了。"

今天的上午长得可怕，没有听到任何消息。汉斯的心在哭泣，午饭难以下咽。

下午两点钟，当他走进教室时，班主任已经到了。

"汉斯·吉本拉特，"他大声喊道。

汉斯走上前，老师伸出手来。

"祝贺你，吉本拉特，你以第二名的成绩被录取了。"

教室里一片肃静。这时门开了，校长走进来。

"祝贺你，汉斯！怎么样，现在你有话要对我们说吗？"

男孩又惊又喜，呆在那里。

"你不说点什么吗？"

"要知道是这样，"他脱口而出，"我完全有可能拿第一的。"

"现在回家去，"校长说，"把好消息告诉你爸爸。从现在起你不用上学了，反正过一星期就放假了。"

汉斯恍恍惚惚地走到街上，看着阳光下的椴树和集市广场。景物依旧是那些景物，但在他眼里更美、更有意义，也更让人快乐。他通过考试了！而且是第二名！最初的狂喜过后，他内心充满了温暖的感恩之情。现在他没必要躲着牧师了，他就要上神学院了，也不用害怕奶酪店或什么事务所了！

而且还能去钓鱼！回到家时，父亲正站在门口。

"怎么样？"他直截了当地问。

"没什么，学校让我回家了。"

"噢？为什么？"

"因为我现在是神学院的学生了。"

"天哪，你考上了？"

汉斯点头。

"考得好吗？"

"第二名。"

老父亲可是压根儿没想到，一时不知说什么好。他拍着儿子的肩膀，一边笑一边摇头，张嘴想说点什么，又说不出来，只是不停地摇头。

"天哪！"他终于喊出了声，接着又是一遍："天哪！"

汉斯冲进屋子，径直奔向楼梯，用力拉开空荡荡的阁楼的壁柜，在里面乱翻一气，把盒子、线团和软木塞之类的东西都掏出来。这都是他的钓鱼工具。他还需要削一根好的鱼竿。他下楼去找父亲。

"爸爸，能借我用一下你的小折刀吗？"

"干什么用？"

"我削根竿儿去钓鱼。"

爸爸把手伸进口袋。

"喏，"他兴高采烈，大方地说，"给你两马克，自己去买把刀吧。但别找汉弗里德，到对面的刀匠铺去。"

汉斯飞快地跑去买刀。刀匠向他打听考试的情况，听说是好消息，特意给了他一把非常漂亮的刀。他来到河的下游，布吕厄桥下有漂亮的细桤木和榛木，他用了好久选中一根没有瑕疵的、坚韧而有弹性的枝条，拿着它迅速跑回家。

他脸色红润，眼里放着光，兴高采烈地准备着自己的钓具。对汉斯来说，这和钓鱼一样能带给他快乐。整个下午他都在忙乎。他把白、棕、绿色的线分门别类，仔细检查接好，把一些旧的结和团在一起的线解开，试试各种形状与大小不同的瓶塞和羽管，重新削好。为了加重线的分量，把小铅块敲成不同重量的小球，做好穿线的小洞。接下来该是钓钩了。鱼钩他还有些存货，有的固定在四股黑色缝纫线上，有的扎在一截肠弦上，有的固定在搓成绳的鬃毛上。将近傍晚，一切就绪。汉斯知道，自己这七天的假期不会无聊了，他可以拿着钓竿，一整天独自待在水边。

第二章

暑假原本就该如此！群山之上是龙胆草一样湛蓝的天空，接连几个星期都是晴朗炎热的天气，偶尔降下一阵猛烈而急促的阵雨。河水虽然流经众多的砂岩，穿越冷杉的阴影和狭窄的山谷，却依然被晒得温暖，到了晚上还可以在河里游泳。干草和新草的气味环绕着小城，几片狭窄的田地已变成金黄色。小溪边的芹叶钩吻长到一人高，开着茂盛的白花，伞状叶子常常被小甲虫覆盖，它中空的茎可以做笛子和哨子。林边，一排排大毛蕊开着毛茸茸的黄花，绚丽多姿。千屈菜和柳叶菜的菜花在纤细坚韧的花柄上摇曳，将整个山坡染成一片紫红。冷杉林下，高大笔直的毛地黄开得正艳，它那长着银色茸毛的宽边儿的根叶、结实的茎和一串串鲜红的铃状花萼奇特而美丽。周围是各式各样的菌菇：红色闪亮的蛤蟆菌，茁壮肥大的牛肝菌，稀奇古怪的婆罗门参菌，红色多枝的珊瑚菌，脆弱矮胖、几近透明的水晶兰菌。森林和草场间大片的荒地上，坚韧的染料木燃烧着耀眼的黄，与绵延的淡紫红石南带相连。接下来是牧场，马上就要割第二茬草了。草地上蔓生着五颜六色的碎米荠、剪秋罗、尾鼠草和山萝卜。苍头燕在阔叶林里歌声不断，狐红的松鼠在树梢间跳来跳去。田埂上、墙上和枯干的沟渠里，绿色的蜥蜴在温暖的天气里惬意地呼吸，身体闪闪发光。永不停歇的响亮的蝉鸣在草地上空不断回响。

小镇在这个时节洋溢着浓厚的乡土气息：路上是运草的马车，空气中散发着干草的气味，磨镰刀的声音此起彼伏。如果不是两座工厂矗立在那里，人们真以为自己正置身于乡间呢。

假期的第一天清晨，安娜刚起床，汉斯早早来到厨房等咖啡。他帮着生好火，从盆里取来面包，用新鲜牛奶把咖啡拌凉，一口气咽下肚，面包往兜里一塞就跑了。他来到火车路堤的高处，从裤兜里掏出一只圆铁皮盒，埋头捉起了蚂蚱。这儿正好是上坡，经过的列车不会轰隆轰隆疾驰而去，而是缓慢地驶过。从许多敞开的车窗里看去，乘客寥寥无几，烟雾与蒸汽形成一道长长的快乐的旗帜在列车身后飘扬。汉斯目光尾随着列车，看着浅白的烟雾旋转着，顷刻间消失在晨光和清朗的空气中。他已经多久没看到这美景了！他深深吸口气，仿佛要把逝去的美好时光加倍补回来，回到那无拘无束、没有烦恼的童年时代。

他拿着蚂蚱盒和新鱼竿上了桥，怀着喜悦的心情和猎人般特有的兴致，穿过后花园走向河流最深的那一段——一个他们叫作饮马池的地方。那儿可以靠在柳树墩上，舒舒服服、安安静静地钓鱼。他解开钓丝，绑上一颗铅粒，冷酷地将一只矮胖的蚂蚱穿在钩上，把鱼钩远远甩到河心。古老而熟悉的游戏开始了：小欧鳊成群结队聚在鱼饵周围，想把它从钩上撕下来。结果，鱼饵一会儿就被吃掉了。汉斯穿上第二只蚂蚱，又穿上一只，第四只、第五只，一次比一次小心，最后还加了一颗铅粒来增加重量。这时，第一条像样点的鱼开始试探鱼饵。它扯了扯，松开，又去试探，终于咬钩了——好钓手能通过线和竿传到手指上的拉动而感觉到这些！汉斯猛地用力一拉，然后小心地往上拽。鱼露出水面时，汉斯从它白里透黄的宽肚子、三角脑袋和漂亮的肉红色腹鳍看出这是一只斜齿鳊，还没来得及估出重量，鱼开始拼命挣扎，在水面搅起一阵漩涡，它逃脱了。汉斯看着它在水中转了三四个圈，然后像一道银色的闪电，消失在水的深处。钩没咬实。

钓手兴奋起来，满怀热情、目不转睛地盯着细细的棕色钓丝，盯着它和水面接触的地方。他脸颊微微泛红，动作紧凑、迅速而自信。第二只斜齿鳊又咬钩了，被拉了上来。接着是一条小鲤鱼，小得让人觉得钓上来有点可惜，还有三条克莱瑟鱼。这尤其让他高兴，因为父亲很喜欢吃。这种鱼体肥鳞细，胖胖的头上长着可笑的白须，小眼睛，后半段身体细长，颜色介于绿和棕之间，离开水面后变成闪闪发光的铁青色。

此时太阳已经升起，堤坝下的泡沫泛着雪白的光，温暖的空气在水面颤动。抬头仰望，慕克山上飘着几片巴掌大的耀眼的云。天渐渐热起来，几朵小小的洁白云彩静静地停在湛蓝的半空中，肉眼在强光下无法长时间观望。云最能体现盛夏时纯粹的炎热，蓝天和镜子一样闪闪发光的河面，很少让人意识到天有多热，可是只要看到正午那泡沫般洁白、像帆船一样移动的云团，人们就立刻感觉到阳光的灼热，只想赶快找个荫凉地，抹去额头上的汗水。

汉斯渐渐放松了对鱼竿的关注。他有些累了，中午反正也不会有什么收获。最老最大的白鱼会在这个时段游上来晒太阳，它们黑糊糊的一大群，像幻影一样紧贴着水面逆流而上，有时又无缘无故地惊散。这时候它们是不会上钩的。

汉斯把鱼线挂到一根柳枝上，让它垂到水中，自己席地而坐，望着碧绿的河水。鱼慢慢游到水面上来，能看到一条条黝黑的脊背——它们安静、缓慢地游动，被热气引诱和蛊惑。在温暖的水中大概很惬意吧！汉斯脱掉靴子，脚伸进暖洋洋的水里，看着钓上来的鱼在水桶里游来游去，时不时溅起些水花。鱼儿真漂亮！有白色、褐色的，也有绿色、银色、淡黄和蓝色的，绚丽多彩，每游动一下，鳞片和鱼鳍都会闪闪发光。

周围一片寂静，几乎听不到桥上驶过的车辆声。磨坊的嘎吱声也是隐隐约约的，从白色堤坝下面传来持续不断的柔和水声，安静、清冷、令人困倦，还有水流经过浮标桩时轻轻拍打和卷起漩涡的声音。

一年来，一直在希腊文和拉丁文、语法和修辞、计算和背诵，以及所有那些折磨人的功课之间漫长而无休止地疲于奔命，在这令人昏昏欲睡的温暖时刻，一切都静静地沉没了。汉斯有点头疼，但不像以往那么厉害。终于又能坐在水边，看堤坝下泡沫破灭，眯着眼看鱼线晃动和刚钓的鱼在他身旁的水桶里游泳。生活多美呀！他忽然记起自己已经通过了地区考试，而且还是第二名，他光着脚踢打水面，双手插进裤兜，吹起了口哨。他原本不会吹像样的口哨，为此常被同学们嘲笑，这是他由来已久的烦恼。他只会在齿间轻轻地吹，自娱自乐，反正这会儿没人听得到，同学们都坐在教室里上地理课呢，就他一个人在这儿独享自由。除了奥古斯特，他没有别的朋友，他对同学之间的打架斗殴和各种把戏也没什么兴趣，所以深受大家折磨。现在同学们该羡慕他了，这些腊肠犬、木头脑袋。他如此鄙视他们，甚至一度撇了撇嘴，停止了吹口哨。他开始收线时忍不住笑出了声，因为鱼钩上一点食都没有了。他把盒子里剩下的蚂蚱放生了。它们昏昏沉沉、无精打采地爬进矮草窠里。附近红色的鞣皮场已经收工，该回去吃中饭了。

午饭时他一句话不说。

"钓着鱼了吗？"爸爸问。

"五条。"

"嗬，是吗？注意别钓那些老鱼，要不以后就没小鱼了。"

此外父子俩没再说什么。天好热，可惜不能吃完饭立刻去游泳，因为"对身体不好"！有什么不好的，汉斯心里清楚得很，过去他经常不顾家里反对这么干过。可是以后不能再淘气了，他已经长大了，考试时人家都用"您"称呼他了。

况且，在花园的红杉下躺上个把小时也是不错的选择。有足够的树荫遮阳，可以看看书，欣赏一下蝴蝶。他就这样一直躺到两点，差点儿睡着了。现在可得去游泳了！草地上只有几个小孩子，大的都还在上学，想到他们汉斯多少有些幸灾乐祸。他慢慢脱掉衣服，下了水，在冷热交替之间享受着水的乐趣。他一会儿游泳、潜水、拍水，一会儿趴在岸上，感受着阳光在自己的背上烘烤，把它迅速晒干。小孩子们轻手轻脚地围着他，目光中充满了敬意。是啊，他现在是名人了，而且他长得的确与众不同：细细的晒黑了的脖颈，优雅的头颅，聪慧的脸庞，炯炯有神的目光，其他地方很瘦——四肢细长而柔软，胸部和背部的几根肋骨清晰可见，小腿肚瘦瘦的。

整整一个下午，汉斯充分享受阳光，在水里玩了个够。四点以后，班上很多同学吵吵嚷嚷地赶来。

"嘿，吉本拉特！你现在可美了！"

他舒服地伸展着身体，"嗯，还好。"

"什么时候去神学校？"

"得到 9 月呢，现在是假期。"

他任由大家羡慕他，就算在背后讽刺挖苦也不在乎。有人编了这样一首打油诗讥讽他：

> 假如我也能像
> 伊丽莎白·舒尔兹一样
> 那该有多好！
> 她整天躺在床上
> 可惜我不能这样！

他只是一笑了之。男孩们脱掉衣服，其中一个毫不犹豫地跳进水里，其他人则先把身体浸凉，或在草坪上躺一下。有个潜水好手受到大家一致的赞赏，一个胆小的孩子被人从背后踢进水里，大喊救命。大家互相追逐，跑啊游啊，把水花泼到待在岸上的人身上。水花飞溅，人声鼎沸，整个河面闪耀着湿漉漉、明晃晃的白色身体。

一小时后，汉斯离开了。温暖的傍晚时分，又是鱼儿咬钩的时候了。直到晚饭时，他一直在桥上钓鱼，却一无所获。鱼贪婪地追逐鱼钩，每次都把鱼饵吃得干干净净。他把樱桃挂在鱼钩上，但显然太大太软了，他决定下次再试试。

晚饭时他得知很多亲戚来家里向他祝贺。今天的周刊上，在"官方新闻"栏目有一段简讯："今年本市仅派出汉斯·吉本拉特一人参加初级神学校的入学考试。令人欣慰的是，他以第二名的优异成绩通过考试并被录取。"

他把报纸叠起来，塞进口袋。嘴里没说什么，内心自豪得想要欢呼雀跃。然后他又去钓鱼，还带了些奶酪做鱼饵。鱼喜欢吃奶酪，在黄昏时分也容易看得见。

他没带鱼竿，这是他最喜欢的钓鱼方式：不用竿和浮子，只拿根线，整个"工具"仅由线和钩组成，用起来有点费劲，但更有趣，能控制鱼饵的每个细小动作，感觉得到鱼的所有试探和咬钩，线抖动时能真切地看到鱼的动作。当然，这种方法需要经验，手指要灵活，要像侦探一样高度警觉。

在蜿蜒狭窄、沟壑纵深的河谷中，黄昏早已降临。桥下河水清清，静谧安逸。磨坊下方灯光闪烁，桥上、街巷里传来闲谈和歌声。空气有些闷热，不时有鱼儿黑色的影子从河里跃到空中。在这样的夜晚，鱼总是兴奋不安，喜欢曲折地游来游去，或是在空中跳跃，盲目地碰到鱼线和鱼饵上。最后一小块奶酪用完后，汉斯钓上来四条小鲤鱼，他打算明天送给牧师。

一阵和煦的风向山谷吹去。天色暗了下来，但空中还有些光亮。夜色笼罩下的小城，只有黑色的教堂尖塔和城堡的屋顶清晰地伸向空中。远处不知哪里在下雷阵雨，偶尔听到轻轻传来的遥远的雷声。汉斯十点钟上床睡觉，头和身体感到一种舒适的疲倦和困意。很久没有这样的感觉了。许多美好自由的夏日时光在等着他，让他安心的同时，也诱惑着他。他又可以逍遥、游泳、垂钓、虚度光阴了，只有一件事让他气恼，那就是没能拿第一。

一大清早，汉斯去牧师家送鱼。来到前廊时，牧师从书斋走出来。

"啊，是汉斯·吉本拉特！早上好啊！祝贺你，衷心地祝贺你啊！哎，你这拿的什么？"

"几条鱼，是我昨天钓的。"

"哎呀，瞧瞧你！那谢谢了，赶快进屋吧。"

汉斯走进他熟悉的书房。这里看上去一点不像牧师的书房，既没有盆花的芳香，也没有烟草的气味。可观的藏书几乎清一色都是漆皮和烫金的，不像一般牧师的书房里，尽是些退色发黄、歪歪扭扭、有虫蛀和霉斑的书籍。仔细观察可以发现，这些摆放整齐的书籍的题目也很新鲜，与以往那些衰败老派的可敬先生的精神面貌大不相

41

同。一般牧师书房中常常拿来作为摆设的珍品，例如本格尔、约廷格、施泰因霍夫的书，以及虔诚的歌者如莫里克在《教堂顶上的风信鸡》中的优美唱段，在这里没有踪迹，即便有也是寥寥无几，湮没在成堆的现代书籍之中。总之，这儿的刊物夹、高脚桌和铺满纸的大写字台，都给人一种博学严肃的印象，能感觉到这是辛勤工作的地方。牧师的工作的确繁忙，只是很少涉及布道、教义问答和《圣经》课，更多的是为科学期刊准备的研究成果和文章，以及个人作品的初稿。空幻的神秘主义和无意义的冥思苦想在这里无从寻觅，甚至那种超越科学界限、以爱和同情迎合人民饥渴幼稚心灵的神学也被排除在外。相反，这里有的是对《圣经》热烈的批判，和对"历史上的基督"之踪迹的追寻。

神学与其他学科没有什么不同。有的神学是艺术，而有的神学是科学或至少在努力成为科学。从前如此，现在也一样。科学家们往往为了找新酒囊而耽误了装陈酒，艺术家则在无忧无虑地坚持某些表面错误的同时，给许多人带来慰藉和快乐。批评与创造、科学与艺术之间力量悬殊的斗争由来已久，在这里，批评与科学永远正确，对他人却无益，而艺术与创造却在不断播撒信仰、爱、慰藉、美和对永恒感知的种子，并能找到合适的土壤。因为生命比死亡更强大，信仰比怀疑更有力量。

汉斯第一次坐在高脚桌和窗户间的小皮沙发上。牧师像朋友一样亲切地向他讲述神学校的学习和生活。

谈话快结束时，牧师说："你将面临的最重要的新事物就是希腊文的《新约》，它会为你打开一个全新的世界，有许多东西要学，也会有很多乐趣。一开始，语言上的困难会比较大，因为你学的不再是阿提卡[1]希腊文，而是一种全新的、由新精神创造出来的特殊语言。"

汉斯听得很认真，自豪地感觉到自己离真正的科学又近了一步。

"学院式的入门学习，"牧师继续道，"自然会降低它的一些魅力。在教会学校，一开始光是希伯来文就要占掉你很多时间，有兴趣的话，我们这个假期就可以开始学一点。这样你将来可以把时间和精力留给别的科目。读点《路加福音》，可以让你玩似的顺便学点语言。我借给你一本词典，每天翻上一两个小时就行，不必多学。你现在首要的任务是好好休息，这是你应得的。当然，学习希伯来

1　阿提卡（Attika）是希腊半岛的一个地区，雅典所在地，古希腊文化的中心。

文只是个建议，我可不想把你美好的假期给毁了。"

汉斯自然是答应了。虽然《路加福音》是他自由蓝天的几朵轻浅白云，但他不好意思拒绝。况且，在假期里捎带学一门新的语言，总比做功课来得愉快。想到神学校里要学很多新的东西，尤其是希伯来文，他还是有些担心的。

离开牧师家，汉斯顺着一条长满落叶松的小路向森林走去，心中小小的不快已经飘到九霄云外了。他越想越觉得牧师的建议不错。他很清楚，上了神学校以后，要想名列前茅，自己必须更加上进，更努力地学习。他一定要争当第一，为什么这样他自己也不清楚。三年来大家都很关注他，老师、牧师、父亲，尤其是校长，不断地鼓励和鞭策他，从未停歇。几年来他一直是班里无可争议的第一名，这让他也渐渐生出了自豪感，促使他要一直拔尖，远远超过他人。对考试愚蠢的恐惧情绪已经完全消失了。

放假自然是最美好的事了。清晨的森林格外美丽，没有第二个人在这里散步！红杉一棵接一棵，像许多柱子搭成一座无边的深绿色的拱形大厅。这里少有低矮的树木，只零星散落着几簇茂密的覆盆子灌木，此外漫山遍野尽是毛茸茸的柔软的青苔，那是矮小的越橘和石南。露水已经风干，太阳的热气、露水的湿气和地衣的香气交织在一起，混杂着松香、杉树针叶和蘑菇的气味，形成一种特有的气氛，清晨时分在笔直的树干间弥漫，谄媚地依偎在所有感官上，令人迷醉。汉斯在青苔地上躺下来，嚼着乌黑的越橘叶，听啄木鸟这儿一下那儿一下地啄着树干，欣赏嫉妒的布谷鸟的叫声。蔚蓝的天空一碧如洗，透过乌黑的杉树树梢望进来。成千上万垂直的树干排成一堵褐色的肃穆的墙，向远方延伸。阳光形成一块块温暖明亮的黄斑，一点一点洒在苔藓上。汉斯本想好好散会儿步，至少走到吕茨勒农庄或藏红花草原。可一躺到地上便不愿起身，嚼着越橘叶，懒散地欣赏着天空。他自己也奇怪为何如此疲倦，以前步行三四个小时是很轻松的事。他决定振作起来，好好走上一段，可刚走了一百来步，不知怎的又倒在苔藓地上休息起来。他躺在那儿，目光在树干、树梢和绿草地间游移。或许是这空气让人倦怠吧！

中午回到家，他又开始感到头疼，眼睛也疼。林间小径的阳光太耀眼了。他几乎一下午懊恼地坐在房中，只有在游泳时能感到些微的清爽。然后又到了去牧师家的时间了。

路上碰到了鞋匠弗拉伊格。他坐在店铺窗边的三角凳上，喊他进去。

"孩子，你这是去哪儿啊？现在总见不到你人了。"

"去牧师家。"

"还要去？不是考完了吗？"

"考试是结束了，现在是学习《新约》，希腊文的，而且是另一种希腊文，以前没接触过。"

鞋匠把帽子向后脖颈推了推，喜欢思考的额头皱起深深的皱纹，叹了一大口气。

"汉斯，"他轻声说，"我得跟你谈谈。一直以来，因为要考试，我什么都没说，但现在我得提醒你。你知道，咱们的牧师是不信神的，他会骗你说，那些神圣的教义是错误的，是人为捏造的。和他一起学《新约》，你自己也会丢了信仰，还不知道是怎么丢的呢。"

"可是弗拉伊格先生，我们只是学希腊文，以后在学校反正要学的。"

"你是这么说，可是跟虔诚认真的老师学，还是跟一个不信上帝的人学，完全是两码事。"

"不错，可是我们并不知道他是不是真的不信上帝。"

"我们知道，汉斯，遗憾的是，大家都知道。"

"那我该怎么办？我已经说好了要去的。"

"那你当然得去了。但如果他告诉你，《圣经》是人编出来的，是捏造的，不是圣贤启示的结果，那你就来找我讨论讨论，你看好吗？"

"好的，弗拉伊格先生。但应该不会这么糟的！"

"你会明白的，记住我说的话。"

牧师还没回家，汉斯在书房等他。看着烫金的书籍，鞋匠的话让他若有所思。有关本城牧师和新派教士的此类说法，他以前经常听到，但还是头一次被卷了进来，他感到好奇而紧张。他觉得事情并不像鞋匠说的那么严重和可怕，反而预感到这是进入某个古老而重大的秘密的机会。刚上学的头几年，关于上帝无所不在、灵魂不死、魔鬼与地狱这些问题曾让他浮想联翩，后来因辛苦而忙碌的学习被搁置一旁。只有和鞋匠讨论这些问题时，他那学院式的宗教信仰才偶尔与个人生活结合起来。把鞋匠与牧师做比较，他不由得会心微笑。鞋匠在苦难岁月中获得的严肃的坚定性他无法理解，此外，鞋匠人虽聪慧，却单纯片面，经常因偏执受人嘲笑。在虔信派教友集会时，他以严厉的教会法官与权威的教义解释者自居，还到各村给别人上修身课。平日里，他只是个小小的手工业者，和普通人一样有自己的优缺点。而牧师则机敏而能言善辩，还是个勤奋严谨的学者。此刻，汉斯正满怀敬意观赏着他的藏书。

牧师很快回来了。他脱掉外套，换上黑色家居服，递给汉斯一本希腊文的《路加福音》，让他读出声。与拉丁课完全不同，他们只读几句就停下来，逐字翻译，然后老师用几个不起眼的例句，巧妙而颇具说服力地阐释这门语言的精髓，并给汉斯讲解该书产生的时代和方式。短短一小时，男孩得到了一种全新的学习与阅读理念，了解到每句话、每个词里都可能潜藏着某种奥秘和使命。世世代代，成千上万的学者和思想家都在持之以恒地探讨这些问题，这一刻，他感到自己也成为这些真理探索者的一员。

牧师借给他一本词典和语法书，回家后他继续学了整整一晚上。他意识到，在通往真正的研究之路上，有许多东西需要学习，有无数知识的高山需要攀越。他做好了披荆斩棘、克服万难的准备。鞋匠的告诫暂时被丢到一边。

几天来他一直忙于此事。每天晚上去牧师家，每天都感觉到博学是件更美好、更艰难的事，也更值得付出。他早上钓鱼，下午游泳，除此之外很少出门。蛰伏在考试时的恐惧和胜利归来的好胜心重新被唤醒，让他内心无法平静。同时，几个月来脑子里常有的那种感觉又不断袭来——不是疼痛，而是急于求成的动力产生的脉搏加速和力量的勃起，一种急切的冲动，之后肯定要头痛。这股热情上来的时候，功课的进度非常快，平时需要几十分钟读完的色诺芬的难句子，这时却像游戏一样简单，不用词典，只靠敏锐的理解力就能快速浏览难度很大的篇章。高涨的工作热情和对知识的渴望使他自信，仿佛老师、学校和这几年的学习生活都被甩在身后，自己从此走上一条通往知识与能力的独特道路。

这种感觉经常向他袭来，而且，在断断续续的浅睡中，清晰的梦境频繁光顾。夜里，因头痛醒来无法再次入睡时，他经常有一种要赶进度的急躁感。想到自己已经远远超过别的同学，想到老师和校长对他的重视，他们有时甚至用钦佩的目光看着他自己，他便感到一种优越的自豪感。

校长看到在自己的引导下，男孩的进取心被唤醒并茁壮成长，内心充满了喜悦。谁说教书先生没心没肺，是僵化和没有灵魂的死板学究！看到一个孩子在不断启发下显露才华，放弃了木刀、弹弓、弓箭之类的游戏，积极进取，粗野男孩那稚嫩的娃娃脸变得苦行僧一般优雅、严肃，看到他的面容更加成熟聪慧，目光更加深沉，目标更加坚定，双手更苍白更沉静，师长们的心中便会充满了骄傲与快乐。他们的责任，也是国家赋予他们的本职任务，就是束缚和根除青年人身上的原始力量和欲望，让他们树立宁静适度、国家认可的人生理想。某些自负的市民和有抱负的官员，如果没有学校的这些努力，怕是只能沦为鲁莽不羁的革新者，或是只会想入非非、一事无成的梦想家。他们身上那些没有规矩、没有教养的不羁品行先要打破，危险的火苗先要熄灭。自然造人，其本性无法琢磨、无法看透，是危险的存在，是无名山上一泻千里的洪水，是没有道路和秩序的原始森林。正如原始森林需要砍伐整理，需要外力制约，学校必须打破、战胜、限制人与生俱来的野性，按照国家制定的准则把他们造就成对社会有用的一员，发掘其特有的品质。而完美品质的培养则有赖于兵营似的严谨训练。

小吉本拉特的长势是多么喜人！他几乎自己放弃了游手好闲和玩耍，已经很久看不到他在课堂上傻笑了。搞园艺，养兔子，还有他钟爱的钓鱼也都戒了。

一天晚上，校长亲自到吉本拉特家拜访。他客气地应付着受宠若惊的父亲，然后径直走进汉斯的小屋。看到男孩坐在桌前学习《路加福音》，便亲切地向他问好。

"太好了，吉本拉特，你又开始用功了！怎么不见你去我那儿了？我每天等着你呢。"

"我也想去，"汉斯抱歉道，"可是我想至少得给您带条漂亮的鱼呀。"

"鱼？什么鱼啊？"

"哦，鲤鱼或是别的什么鱼。"

"原来是这样。你又开始钓鱼了？"

"是啊，每天就一小会儿，父亲准许了。"

"嗯，你很喜欢钓鱼？"

"那当然。"

"很好，很好，这是你假期应得的。那么，你现在或许没兴趣学点新东西了吧？"

"不会的，校长先生，我当然愿意学。"

"我可不想强迫你做不愿做的事。"

"我当然愿意。"

校长深深吸了口气，摸着稀疏的胡子，坐到一把椅子上。

"汉斯，"他说，"是这样，根据我们多年的经验，考试取得好成绩之后，往往会有一个突然的倒退。一上神学校，会同时开许多门新课。有的学生，尤其是那些考得不太好的，会事先预习，他们可能一下子冲上去，把假期躺

51

在桂冠上睡大觉的好学生甩到后面。"说完校长长叹了一口气。

"你在我们学校总是轻而易举拿第一，可神学校里会有很多才华横溢而且勤奋上进的同学，他们不会随随便便让你轻松超越的。这一点你明白吗？"

"我明白，校长。"

"所以我建议你在假期提前学一点，当然要有节制！你现在有权利也有义务好好休息，我想一天一两个小时比较合适。如果预先不学一些，那就容易出问题，以后要好几个星期才能赶得上。你觉得怎样？"

"校长先生，我非常乐意，如果您愿意帮我……"

"那好，在神学校，除了希伯来语，《荷马史诗》也会为你打开一个全新的世界。如果我们现在就打好坚实的基础，你将来会得到双重的理解力和阅读乐趣。荷马的语言、古老的爱奥尼亚方言以及荷马史诗的韵律都很独特，别具一格，要想真正欣赏这些诗歌，必须非常勤勉扎实地学习才行。"

汉斯当然很愿意去认识这个全新的世界，他答应校长会尽自己最大的努力。可是重点还在后面。校长清了清嗓子，和蔼地继续说道：

"老实说，如果能拿出几个小时学习数学，那就太好了。你的计算还不错，可数学一直不是你的强项。到了神学校你们就开始学代数和几何了，如果现在能做些准备会比较好。"

"是的，校长先生。"

"你知道，我随时欢迎你来找我，能看着你成长对我来说是件荣耀的事。至于数学，恐怕得让你父亲和老师商量一下，看能否上小课，也许每周上个三四次？"

"好的，校长先生。"

勤奋的学习又开出令人欣喜的花朵。如果抽点时间去钓鱼或是散步，汉斯会觉得自己良心不安。原先游泳的时间改为去数学老师那儿上课了。

可是无论怎么用功，汉斯在代数课上就是找不到乐趣。炎热的午后，不能在水里游泳，而是去数学老师闷热的小屋，在布满灰尘、蚊虫萦绕的空气中，昏昏沉沉地用干渴的嗓音大声念 a+b 和 a-b。空中弥漫着倦怠和压抑，在最糟糕的日子里，甚至令人抑郁绝望。奇怪的是，汉斯不属于那种对数学滴水不进的学生，有时题解得很好，很巧妙，自然就有兴趣。他喜欢数学的地方是它不会误导，不会欺骗，你不可能离题或误入歧途。出于同样的理由，他也喜欢拉丁语，这种语言清晰、可靠、明确，几乎不会产生任何误会。但是，即便计算结果完全正确，却并不能悟出什么道理。上数学课、写数学作业在他看来，像是走一条平坦的马路，永远可以笔直向前，每天都会比前一天知道得更多，但永远不可能攀上山顶，领略豁然开朗的风景。

校长的课比较活泼生动，和他富有朝气的荷马语言相比，牧师更懂得如何把《新约》的变异希腊文变成引人入胜的华美语言。然而，荷马毕竟是荷马，度过了最初的困难阶段，其作品那难以抵御的诱惑带来的便是惊喜和享受。汉斯经常坐在书桌前，为某句音色美轮美奂、内容难以理解的诗句而焦急紧张，浑身颤抖，迫不及待地要在词典中找到那把为他打开幽深快乐花园的大门的钥匙。

现在他又有足够的家庭作业了，有时又要在书桌前学到很晚。看到孩子用功，父亲感到非常自豪，他和许多学识有限的人一样，肤浅的脑子里存有一个模糊的理想，希望自己的树干上能长出一根枝条，伸向高高的天空，伸到自己怀着迟钝的敬意无法企及的高度。

假期的最后一周，校长和牧师又变得关心体贴起来。

他们把课停掉，让男孩去散步，并强调说，能神清气爽地走上新的人生旅途十分重要。

汉斯去钓了几次鱼。他经常头痛，坐在河边，望着映在河中的初秋的蔚蓝天空，精神还是无法集中。他不明白自己当初为何如此期待暑假，现在倒宁愿假期马上过去，立刻去神学校开始新的学习生活。因为心不在焉，鱼也钓不上来，父亲还拿他开玩笑。他索性不再去钓鱼了，把钓线收回阁楼上的盒子里。

直到最后几天，他才想起已经好几个星期没去鞋匠弗拉伊格那儿了，其实现在去也有些勉强。傍晚，鞋匠坐在自家窗口，左右膝各抱一个孩子。虽然窗户大敞着，屋子里还是弥漫着皮革和蜡的气味。汉斯拘谨地把手放在鞋匠坚硬宽阔的右手掌上。

"喏，怎么样？"鞋匠问，"和牧师用功来着？"

"是啊，每天都去，学了不少东西。"

"学什么呢？"

"主要是希腊文，还有各种别的东西。"

"不想上我这儿来了？"

"想是想，弗拉伊格先生，可是没时间啊。跟牧师每天一小时，校长那儿两个小时，每周还要去数学老师那儿四次。"

"在假期里？这简直是瞎胡闹！"

"我不知道，老师们觉得应该这样。学习对我来说也不难。"

"也许吧，"弗拉伊格摸一摸汉斯的胳膊说，"学习是没错，可是你有几只胳膊几条腿啊？看你的小脸瘦的，头还疼吗？"

"有时候疼。"

"真是胡闹，汉斯，这是造孽！你这个年纪需要新鲜空气和运动，需要休息，要不为什么给你们放假呢？假期不是用来蹲在房间里学习的。你看你，只剩下皮包骨了！"

汉斯笑了。

"好吧，你会撑过去的，可这确实很过分。牧师那儿怎么样？他说了什么没有？"

"他说的就太多了，但没什么不好的。他懂的真多。"

"他没说什么对《圣经》不敬的话吗？"

"没有，一次也没有。"

"那就好，我告诉你：宁可让身体毁灭十次也不能践踏自己的灵魂！你将来要成为牧师，这是神圣而艰难的职业，需要与众不同的年轻人来担当，或许你就是正确的人选，有朝一日能成为心灵救赎的导师。我衷心祝福你，为你祈祷。"

他站起身，双手搭在汉斯肩上。

"再见了，汉斯，多多保重！主赐福于你，关照你，阿门。"

这么隆重的祈祷和标准德语让汉斯感到压抑和尴尬，与牧师告别时可没有这一套。

最后几天过得飞快而热闹，都在为开学做准备，或是和亲友告别。一只装满被褥、服装、内衣和书的箱子已经托运走了，现在得准备随身的行李。一个清凉的早晨，汉斯和父亲出发去毛尔布隆，离开故乡，离开自己的家，搬到一个完全陌生的地方，这着实令人感到异样和压抑。

第三章

    本州西北部，在森林茂密的丘陵与无数幽静的小湖之间，坐落着毛尔布隆西妥教大修道院。它古老而美丽的建筑群宽阔、坚固，保存完好，是令人极其向往的所在。建筑内部与外观富丽堂皇，几个世纪以来，与周边静谧而绿意盎然的秀丽风光融为一体，尽显高贵。进入修道院要穿过一道环绕的高墙上所开的一扇美如画卷的大门，然后来到一座开阔安静的广场。这里有哗哗响的喷泉，有古老肃穆的树木，两侧是坚固老旧的石头房子。广场后面是主教堂的正立面，有一个罗马晚期风格的前庭，被大家称作"天堂"，其精致优雅无与伦比，令人赏心悦目。教堂庞大的顶部矗立着一座针形小钟楼，显得有些滑稽，它竟能支撑一座大钟着实令人费解。完好的十字形回廊本身就是件优美的艺术品，中间镶嵌着它的珍宝——一座喷泉小教堂。修士斋厅有结实高雅的十字拱顶，后面是小礼拜堂、议事厅、学生餐厅、校长宅邸和两间礼拜堂，结构紧凑。如画的墙壁、凸窗和挑楼、门洞和庭院，以及一座磨坊和住宅，环绕着巍峨古老的楼宇，放眼望去，令人心情舒畅。宽阔的广场空旷、静谧，在睡梦中与树木的阴影嬉戏。只在午后的一个小时，这里才会焕发出短暂的活力：一群年轻人从修道院拥出来，分散在广场上，呼唤声、谈话声和笑声此起彼伏，有时也会打打球，给这里带来一些动感。一小时后，他们又在大墙后消失得无影无踪。一定有人曾在广场上怀想，这里有积极快乐的生活，是孕育生命力、给人带来幸福的所在，成熟善良的人们让这里启发快乐的思想，创造出生机勃勃的美妙作品。很久以来，人们让这座远离尘世、掩映在丘陵森林中的美丽的修道院属于新教神学校的学生，让美与宁静环绕敏感年轻的心灵，让他们远离城市与家庭生活的影响，免于尘世生活的纷扰。几年的学习生活中，这些小伙子们把希伯来语、希腊语和其他学科作为生活的目标，将年轻心灵的所有渴望都集中在纯粹和理想的学习乐趣中，这也是寄宿生活的一个重要目的：强制自我约束，强化归属感。只有这样，资助他们生活和学习的基金会才能保证，藉此培养出的孩子具有独特的心智，像贴上了优质保险的标签，走到哪儿都一目了然。除了个别顽皮子弟中途离开，施瓦本神学校的毕业生总是一眼就能被识别出来。

由母亲陪伴着走进校园的人，毕生都会怀着感恩和愉悦回忆那些日子，但汉斯·吉本拉特不在此列。他淡然度过了开学的头几天，但观察许多前来陪同的母亲还是给他留下了非常深刻的印象。

在围着一圈壁柜的宽大走廊上，也就是所谓的修道院大寝室，到处是箱子和盒子。男孩们在父母陪伴下，忙着打开箱包，整理日常用具。每人都会分到一个有编号的柜子，在工作室还有一个有编码的书架，学生们和父母一起跪在地上整理箱子。助教像王侯一般来回溜达，不时给正在忙乎的人们出些善意的点子。大家取出衣服，把它们展开，把上衣的褶皱铺平，书摞起来，靴子和拖鞋摆放好。学生们的主要装备都差不多，因为学校对入学时带的衣物和生活必需品都作了规定。铁皮脸盆都刻了名字，拿出来放到盥洗室，海绵、肥皂盒、梳子和牙刷摆在一边。此外，每人还带来一盏灯、一壶灯油和一套餐具。

所有男孩都在忙碌着，显得异常兴奋。父亲们微笑着，想帮忙又插不上手，不时看看怀表，掩饰着自己的无聊。母亲们是活动的中心，她们把外套和内衣一件件拿起来，抚平褶皱，将带子拉拉好，仔细试过后，尽量把衣物整齐地放在柜子里方便取放的地方。她们一边忙活，一边温存地给孩子一些提醒和建议。

"要特别留神你的新衬衫，那是花了三个半马克买的呢。"

"每月把脏衣服交给火车托运，急用的话就邮寄回家。黑帽子是在礼拜天用的。"

一个胖胖的、让人感觉舒服的妇人坐在高高的箱子上，教儿子缝纽扣。

"如果想家了，"另外一边传来这样的声音，"就给我写信，圣诞节也不是远得不得了。"一个年轻漂亮的女人扫视着儿子满满当当的柜子，充满怜爱地整理着内衣、外套和裤子，然后抚摸着她宽肩膀、面颊红润的儿子。儿子感到不好意思，尴尬地笑着向后退，两手插在裤兜里，想表现自己并不那么多愁善感。看来，离别对于母亲来说更难以接受。

其他家的情况有所不同。孩子看着母亲忙活，显得有些不知所措，似乎更想跟着回家去。即将到来的离别让他们感到恐惧，满怀的柔情和亲密，当着外人羞于表达，心里想号啕大哭，可碍着男子汉的尊严只能做出一副镇定和无所谓的样子。母亲们则微笑地看着自己的孩子。

除了生活必需品，几乎每个人的行李都装着些小小的奢侈品：一小袋苹果，一根熏香肠，一篮子新出炉的点心……诸如此类的东西。很多人把冰鞋也带了来。最引人瞩目的是一个看着挺滑头的小个子，带了整整一只火腿来，他似乎也没打算隐瞒。

哪些孩子是头一次离家，哪些住过校或在寄宿学校待过，这一看便知，但大家无一例外地都有些激动和紧张。

吉本拉特先生帮儿子整理行李。这方面他很在行，比很多人干得都快。完事后，他和汉斯无聊地站在寝室，看着正在忠告和教导孩子的父亲们，安慰和出主意的母亲们，以及拘谨地站着聆听的孩子们，觉得自己也该为汉斯未来的人生道路送几句金玉良言。他考虑良久，憋着劲轻手轻脚走到沉默的男孩身边，滔滔不绝地来了一套名人格言。汉斯带着钦佩的表情默默听着，直到看见旁边有个牧师揶揄地笑看着父亲。他觉得不好意思，把正在夸夸其谈的父亲拉到一边。

"那么，你愿意给家里争光，愿意听老师的话，对吗？"

"那当然。"汉斯答道。

父亲放心地松了口气。他开始感到厌倦,汉斯自己也很失落,一会儿压抑着好奇心透过窗户望着下面的"十"字形回廊,其古旧遁世的端正肃穆与上面喧闹的青春气息形成鲜明的对照,一会儿又腼腆地看看忙碌的同学,发现自己一个都不认识。在斯图加特碰到的那个考生看样子没能考取,尽管他的哥平根拉丁文很不错,至少汉斯一直没看到他。他没多想,只是在打量自己未来的同学。尽管装备的品种和数量差不多,但还是能看出谁是城里来的,谁是农村的,谁家富裕,谁家贫寒。有钱人家的孩子很少上神学校,有的是出于父母的傲慢和根深蒂固的偏见,有的因为孩子天分不够。但还是有一些教授或大官,因为怀念自己在修道院的日子,愿意把孩子送到毛尔布隆来。这四十个孩子中,黑色外套的布料和剪裁自然不一样,但差别最大的还是行为举止、仪表和口音。有瘦弱笨拙的黑森林地区孩子,有阿尔布山区浅黄头发、粗鲁的大嘴孩子,有自由不羁、活泼好动的平原人,还有讲究的斯图加特人,这最后一种孩子穿着尖头皮靴,操一口完全走了样的、更好听的方言。这些正当年的小伙子们,约有五分之一戴着眼镜。一位瘦弱、优雅、娇气的斯图加特孩子,戴着高级硬毡帽,举止温文尔雅,全然没料到他的这身装扮第一天就让几个粗鲁同学起了非分之想，琢磨着日后怎么戏弄和攻击他。细心的观察家能看出，州里的这些胆小孩子选得还不错，除了几个打远一看便知是填鸭式教育培养出来的中等人才之外，这里不乏温柔倔犟的少年，光滑的前额下蕴藏着高尚的理想。兴许聪明顽强的施瓦本人中已经出了一两个社会精英步入主流社会，使他们枯燥执拗的思想成为强大体系新的中心。施瓦本地区不仅为本土和世界培养出优秀的神学家，也因拥有哲学思辨传统而自豪。这里出过不少有威望的预言家，当然也有邪教徒。这片政治传统落后的肥沃土壤，一直在神学和哲学领域对世界产生着特定影响。此外，民间也一向保留着对美的形式和梦幻般诗艺的喜好，颇有建树的诗人作家不时涌现。

从外表来看，毛尔布隆神学校的设施和规范并不是典型施瓦本式的。相反，除了修道院时期遗留下来的拉丁名称外，近来又贴上了一些古典标签，比如男孩子们的房间分别叫作："古罗马广场"、"海拉斯"[1]、"雅典"、"斯巴达"、"雅典卫城"，最后一个小房间叫"日耳曼"，似乎在暗示希望从日耳曼现实回到古罗马希腊的理想境界。这些都只

---

1 希腊的古称。

是表面现象，其实用希伯来文命名更为贴切，于是出现了以下有趣的现象：住在"雅典"室的并非喜欢慷慨陈词的人，而是几个无聊之徒，"斯巴达"室的主人不是武士或苦行僧，而是几个活泼贪玩的旁听生，汉斯·吉本拉特和另外九个同学被分到了"海拉斯"室。

第一天晚上，和九个同学住进冷冰冰、空荡荡的寝室，躺在窄小的床上，汉斯内心涌起一阵异样的感觉。一盏油灯挂在天花板上，大家在它昏黄的灯影下宽衣。十点一刻，助教来关灯。男孩们一个挨一个躺着，每两张床之间有个放衣服的小凳，柱子上拴一根拉晨钟的绳子。有两三个男孩原本就认识，偷偷交换了几句悄悄话后也默不作声了。其他人互不相识，情绪低落，死一般安静地躺在床上。睡着的人发出深沉的呼吸声，睡梦中伸出手臂，把亚麻被子弄得瑟瑟作响。醒着的人尽量不出声。汉斯听着邻床的呼吸，久久不能入睡。一会儿，隔着邻床传来一阵奇怪的、让人害怕的声音。原来有人在蒙着被子哭。那轻轻的仿佛从远方传来的抽泣声让汉斯感到一丝触动。他并没有想家，但想到自己那安静的小屋时也有些难过，加之未来的不可预测，以及将会来自众多同学的竞争，让他多少有些害怕。将近午夜，寝室里的人都睡着了。小伙子们彼此挨着，脸枕在条纹枕巾上，表情各式各样，有悲伤的、倔犟的，有快乐的、胆怯的，他们全部都沉入了甜美而深沉的休憩与遗忘中。

苍白的半月升起，照在古老的尖顶、塔楼、凸窗、哥特式尖顶、墙垛和尖拱形的回廊之上，月光倾泻在横脚线和门槛上，流过哥特式窗子和罗马式的门洞，在十字回廊的喷泉里颤动着金色的金属光泽。

几道浅黄的光和斑驳的光影也透过三扇窗照进"海拉斯"小屋，像邻里一样陪伴在酣睡的男孩的梦边，仿佛当年在修士的梦边一样。

第二天，在礼拜堂举行了隆重的开学典礼。校长致辞，教师们身着礼服站立一旁，学生们躬身坐在椅子上，思绪万千，不时回头瞟一眼坐在后排的家长。母亲们若有所思，微笑地望着自己的儿子。父亲们正襟危坐，认真聆听发言，神情严肃而笃定，内心充满了自豪和崇高的感情，以及美好的期望。没有一个人觉得自己是在为金钱出卖孩子。最后，学生被一一点名，走上讲台与校长握手，以示被学校接纳并承担起某种义务。从此，只要行为端正，每个孩子都将由国家供养、照料，直至生命结束，这样的待遇并非没有代价，只是没有人愿意在这方面多想，包括他们的父亲。

和父母告别的时刻更肃穆也更令人感动。家长有的步行，有的坐邮车，有的在匆忙中搭乘能找到的任何交通工具。他们把儿子留在了学校，自己也从他们的目光中渐渐消失。小手帕还在9月和煦的微风中挥动，上路的人们已经消失在林中。孩子们若有所思地默默走回修道院。

"好了，父母大人们都离开了。"助教说道。

新同学们开始彼此打量和认识，首先是同寝室的孩子。大家把墨水瓶灌满，给油灯注满油，整理书本，试着适应自己的新家。同时好奇地看着舍友，尝试找到一些话题，询问彼此的家乡和以前就读的学校，回忆州立考试时那大汗淋漓的情景。大家三三两两聚在书桌边聊天，时不时发出一阵男孩儿特有的爽朗笑声。到了晚上，同寝室的孩子比结束了邮船之旅的游客还要相互熟悉。

和汉斯一起住在"海拉斯"室的九个孩子中，有四个很突出，剩下的都是平庸之辈。首先是奥托·哈特纳，斯图加特一位教授的儿子，他很有天分，沉静自信，行为举止无可挑剔，而且身材魁梧，衣着考究，以踏实干练的风度让室友刮目相看。

接下来是卡尔·哈默尔。他是施瓦本山区一个村长的儿子，有很多自相矛盾之处，需要长时间才能了解。他外表冷漠，可是一旦打破表层的坚冰，他会变得富有激情、放纵，甚至有些暴力倾向。但他很快又会缩回到自己的壳里。很难判断他是个沉静的旁观者，还是个唯唯诺诺的人。

另一个不那么复杂、却十分惹人注目的学生是海尔曼·海尔纳。他来自黑森林，家境很好。入学第一天，大家就了解到他是个诗人、文艺青年，据说他的应试作文是用六音步诗作的。他很健谈，活泼机灵，有一把漂亮的小提琴。他表面上性情外露，综合了少年人青涩的多愁善感和轻率鲁莽，却隐藏着深沉的一面。他心智很成熟，超越了自己的年龄，已经开始尝试走自己独特的道路了。

"海拉斯"室最特别的人要算爱弥尔·鲁休斯了。他是个浅黄头发的小个子，不动声色，坚忍勤奋，像个干巴老农。他身体发育不成熟，却不像孩子，处处像个已经定型的成年人了。入学第一天，大伙都在闲聊，设法适应新的环境，他却一言不发，沉静地坐在那儿学语法，还用拇指把耳朵堵上，仿佛他要把失去多年的光阴补回来。

过了一段时间大家才渐渐发现，这个不声不响的怪家伙诡计多端，精明吝啬，非常自私。其手段之登峰造极，倒也赢得大家的某种尊重，至少是宽容。他有一套非常精到的节约和赚钱方法，具体技巧渐渐浮出水面之后着实令人惊叹。早上起床后鲁休斯总是第一个或最后一个进盥洗室，就为了用别人的毛巾，可能的话还有香皂，好把自己的东西省下来。这样他的毛巾总能保持两个星期或更久。按规定毛巾每隔八天须更换一次，每周一早上，宿舍总管来检查，于是鲁休斯周一早上放条干净毛巾在自己的挂钩上，中午拿掉，整理好后放回盒子里，把那条没怎么用过的旧毛巾再挂上去。他的肥皂很硬，几乎擦不出沫，所以能用个把月。但爱弥尔·鲁休斯绝不会因此而外表邋遢，他看上去总是整洁光鲜，薄薄的金发仔细梳理过，分好缝，内衣和外套也都穿得很仔细。

说完盥洗室，再说说用早餐的情景。早餐是一杯咖啡、一块方糖和一个小面包，大部分孩子都觉得不太够，睡了八个小时之后，小伙子们已经肚腹空空了。鲁休斯却很满足，他把每天的糖省下来，总能找到下家，用两块糖换一芬尼，或是二十五块糖换个笔记本。晚上，为了省下昂贵的灯油，他喜欢就着别人的灯光学习。其实他的家境还不错，而那些没钱的孩子反倒不懂得精打细算，总是把手里的钱花得干干净净，一点不剩。

爱弥尔·鲁休斯的占有欲不仅体现在对物品和有形的东西上，在精神领域也是如此，他总是尽可能为自己获取更多的利益。他很聪明，从来不忘任何精神财富只具有相对价值，因此只在那些考试时能看出效果的科目上下功夫，其他功课只要普普通通、成绩中等就可以了。他学什么，下多大工夫，都要先和别人的成绩做比较，宁愿一知半解得第一，也不愿拥有双倍的知识当老二。因此，当同学们把晚上的时间花在游戏或课外读物上时，他总是安静地坐在那儿学习，丝毫不被周围的喧闹所影响，反倒不时投去一瞥不羡不妒、颇为惬意的目光，如果别人这时也在用功，那他的努力不就白费了？

没有人关心这个一心向上爬的家伙，也不大计较他的伎俩和花招，不过，和所有做事缺乏分寸、唯利是图的人一样，他很快就迈出了愚蠢的一步。修道院的所有课程都是免费的，他决计好好利用这一条件，学会小提琴。绝不是因为他以前学过，或自己拥有绝佳的听力和这方面的才华，或是他在音乐中能得到乐趣，只是因为他以为小提琴和拉丁文、数学一样好学，又听说音乐在以后的生活中会很有用，愉悦大家的同时能让自己受欢迎，反正不用花钱，神学校甚至还提供免费的提琴。

当鲁休斯找到音乐老师哈斯，说他要学小提琴时，老师的头发都竖起来了。他了解鲁休斯，他在音乐课上的表现经常引得全班同学哄堂大笑，让老师感到绝望。他试着劝他打消这个念头，可惜是对牛弹琴。鲁休斯优雅而谦逊地笑笑，声称这是他的正当权利，他对音乐的喜爱不可动摇。于是，他得到一把最差的练习提琴，每周两次课，每次半个小时。第一次练习之后，舍友们就告诉他这是第一次也是最后一次，因为他们无法再忍受这无药可救的呻吟。于是鲁休斯提着琴，在修道院四处寻找僻静的角落，用他的抓挠声、嘎吱声和呜咽声把周围的人吓得四散而逃。如诗人海尔纳所言，那声音仿佛古老的提琴在折磨之下，绝望得想从任何一个虫眼儿里逃出去寻求庇护。鲁休斯没有任何长进，老师已经被他折磨得神经质了，变得越来越粗暴。最后他自己也绝望了，自信满满的"杂货商"脸上泛起忧虑的皱纹。这场悲剧的结局是，老师宣布他完全没有天分，拒绝再给他上课。于是，愚蠢的"好学之士"又选了钢琴，自我折磨了几个月，也没有好结果，渐渐失去兴趣，也悄悄地放弃了。日后，当人们谈起音乐时，他话里话外流露出自己曾学过钢琴和小提琴，只是因为某种原因才与这美妙的艺术疏远了。

住在"海拉斯"室的同学常常能在他们滑稽的室友身上找到乐趣，文艺青年海尔纳也时不时上演一出笑剧，卡尔·哈默尔则扮演讽刺大师和诙谐的旁观者，他比别人大一岁，自觉高人一等，但大家并不买账。哈默尔脾气不好，隔几天就会打上一架来证明自己的体力。他打起架来变得野蛮甚至近乎残暴。

汉斯·吉本拉特一边惊讶地注视着这一切，一边安静地做自己的事，始终是个优秀而安分守己的同学。他几乎和鲁休斯一样用功，舍友中除了海尔纳之外，大家对他都很尊重。海尔纳崇尚放浪不羁的天才，对他不以为然，时常讥讽他是"向上爬"的人。尽管晚间在寝室里打架斗嘴的事时有发生，但总体而言，迅速成长中的男孩子们相处得还算融洽。大家明白自己已经长大了，学习态度要认真，行为要端正，这样才能不辜负老师们用"您"来称呼自己。回想刚刚离开的拉丁学校，他们已经可以像刚入学的大学生看待高中生那样趾高气扬、充满同情。但男孩率真的顽皮天性总想冲破矫情体面，找回自己青春的权利。因此寝室里不时会响起男孩咚咚的脚步声和骂人的粗话。

管理的老师或领导，眼看着这群孩子，既有乐趣也深受启发：经过几周的共同生活，他们像一种化学混合物，生成云团和雪花，融化后重新组合，形成新的形状。克服了最初的羞涩，大家彼此有了足够的了解，经过一阵乱哄哄的确认与寻觅，最终形成了各自的小圈子，彼此之间的好恶也开始产生。很少有人找老乡或以前的同学结对子，大家都喜欢结交新人：城里人找农村来的，阿尔卑斯山区的找平原人，这样有新鲜感，或者互相取长补短。年轻的心灵彼此试探，除了平等意识之外，也出现了远离众人的需要。有的孩子平生第一次摆脱了稚气，萌发出个性。有一些难以形容的小小的爱慕与嫉妒场面出现。有些人发展成要好的朋友，关系密切，经常一起散步。有些则成为公开的死对头，不时拳脚相向。

汉斯没有参与这些活动。卡尔·哈默尔曾热情地想同他交好，汉斯惊讶之余还是拒绝了。很快，哈默尔和住在"斯巴达"室的一个人好上了，汉斯仍旧独自一人。友谊的国度以充满渴望的色彩在汉斯的视野中幸福地闪现，对他展现着平静的诱惑力。虽然他有强烈的感受，但腼腆使他畏缩不前，因为这些年他的生活中没有母爱，是在父亲的严厉管教下过来的，缺乏与别人建立亲密关系的能力，对所有表面狂热的事物都感到害怕，还因为男孩特有的矜持和上进心。他是认真想学知识的——这一点和鲁休斯不同，他们的共同之处是需要远离一切让他们在功课上分心的事——所以他总在刻苦用功。看着别人享受友情，内心也因嫉妒和渴望而苦恼。卡尔·哈默尔不是合适的对象，如果随便换一个人拉他做朋友，他一定乐意附和。他像个腼腆的小姑娘，等着有人来把他带走，一个比他更强、更有勇气、能打动他、把幸福强加给他的人。

除了这些事情以外，功课也让孩子们忙得团团转，尤其是希伯来文，让初入学的这段时间感觉过得飞快。毛尔布隆周围有无数小湖和池塘，水面映出深秋淡蓝的天空、落叶的桴树、桦树、橡树，还有夕阳的余晖。冬季来临之前，风跳起它最后的轮舞，呻吟着、欢呼着穿过美丽的森林。至此时，薄霜已多次降临。

诗人海尔曼·海尔纳没能找到志同道合的朋友。每天一小时的午休时间，他经常独自到林中散步。他尤其喜欢林中湖，那是个忧郁的褐色池塘，周围芦苇丛生，湖上挂满老树凋零的枝叶。这凄美的森林一角强烈地吸引着热血青年。他用幻想的枝条在寂静的湖水中一圈一圈搅动，读着勒瑙的《芦苇之歌》，躺在低矮的灯芯草丛里，思索有关秋的题目——死亡与消逝。落叶与光秃秃的树梢的萧瑟是其忧郁的和声。他不时从口袋里掏出黑色的小日记簿，记下一两行诗句。

10月下旬，一个多云的午休时间，汉斯·吉本拉特在林中独自散步，碰巧走到海尔纳常去的地方。年轻诗人坐在小水闸的木板上，腿上搁着个小本子，嘴里衔着一根削尖的铅笔，身旁放着一本打开的书，神情若有所思。汉斯慢慢向他走去。

"你好，海尔纳！你在干什么？"

"我在读荷马。你呢，小吉本拉特？"

"才不信呢，我知道你在干什么。"

"是吗？"

"当然，你手里拿的是诗歌。"

"你这么认为？"

"当然啦。"

"坐过来吧！"

吉本拉特和海尔纳并肩坐在闸板上，腿在水面上晃荡，看着泛黄的树叶这儿一片那儿一片在寂静清凉的空气里旋转，无声无息地飘下来，落在浅棕色的水面上。

"这儿好凄凉。"汉斯说。

"是啊。"

两人平躺下来。周围秋天的景致尽收眼底，除了几根垂落的树梢，目光所及是淡蓝的天空，以及静静飘浮的小岛般的云。

"多美的云啊！"汉斯惬意地望着天空喊出声。

"是啊，吉本拉特，"海尔纳叹息着，"如果我们能变成这样一朵云，那该多好！"

"那会怎样呢？"

"那样我们就可以在天上飞来飞去，越过森林和村庄，越过各区各州，像美丽的船在大海上行驶。你以前看见过船吗？"

"没有，你呢，海尔纳？"

"我当然见过，不过这些你不懂，你只会努力用功。"

"看来，你把我当成骆驼[1]了。"

"我可没那么说。"

"我不像你想的那么蠢。不过，还是再跟我说说船的事吧。"

海尔纳翻了个身，人几乎掉到水里。他趴在木板上，支着两肘，双手托着下巴，接着说：

1　德语中寓意愚蠢。

"我在莱茵河上见过那种船，那是暑假的一个星期天。船上流淌着音乐，五彩的灯笼点缀着夜晚，灯光映在河面上，我们在音乐中顺流而下。人们品尝着产自莱茵河畔的葡萄酒，女孩子穿着白色衣裙。"

汉斯听着，一言不发。他闭起眼睛，脑海中浮现出那艘行驶在仲夏夜的船，还有音乐和红色灯光映衬下的白衣女孩。

海尔纳继续说：

"是啊，那是完全不同的时光，这儿有谁能懂？这里只有无聊的人和随声附和的软骨头！他们荒废了世上所有美妙的事物，甘心做牛做马，除了希伯来字母表，不知道还有更高深的学识……你和他们没什么两样。"

汉斯沉默着。这个海尔纳的确与众不同，他是个幻想家、诗人，总能让汉斯惊叹不已。谁都知道，海尔纳很少在功课上卖力气，但他知识面广，任何问题都能找到合适的答案，同时他又蔑视这些知识。

"咱们读荷马时，"他继续挖苦道，"好像《奥德赛》是本菜谱。一节课读两行，然后逐字逐句地咀嚼、探讨，直到令人想吐为止，下课时还要加上一句：你们瞧，诗人的作品多么精到，能让我们一窥诗歌创作的秘诀。其实这只是给小品词和过去时叙述体添油加醋，好让读它的人不至于窒息而死。这么读法，倒不如把荷马统统拿掉，这些古希腊的玩意儿与我们有什么相干？如果我们中间真有人想尝试一下希腊式的生活，那他肯定会被'扔'出去的，咱们的寝室竟然叫'海拉斯'室，这真是绝妙的讽刺！为什么不叫它作'废纸篓'、'奴役笼'或'大礼帽'？所有这套古典劳什子都是骗人的鬼话。"

他朝空中吐了一口唾沫。

"哎，你刚才写诗来着？"汉斯问道。

"是的。"

"写的什么？"

"这里的湖光秋色。"

"能让我看看吗？"

"不行，还没写完呢。"

"写完能看吗？"

"当然，没问题。"

二人起身，缓缓向修道院走去。

"你瞧，这儿多美啊！"经过"天堂"时海尔纳说道，"殿堂，拱形窗，十字回廊，斋堂，哥特式，罗马式，一切都那么富丽堂皇，一切都是漂亮的艺术品。可这些美妙物品的存在是为了什么？只为了三十几个将来要做牧师的可怜男孩。国家真是钱多了烧的！"

汉斯整个下午都在琢磨海尔纳。他到底是个怎样的人？汉斯所忧虑和期望的，对海尔纳毫无意义。他有自己独特的思想和语汇，他的生活更有激情、更自由，苦恼也与众不同。他似乎鄙视周围的一切，欣赏古老的廊柱和城墙，把玩独特神秘的技艺，用诗行反映自己的心灵，用幻想创造了一个独有的虚幻世界。他机敏而不受约束，一天中说的笑话比汉斯一年的还多。他性情忧郁，像欣赏陌生的美妙事物一样玩味自己特有的忧伤。

就在当晚，海尔纳又让同宿舍的孩子们领教了他那不羁而引人注目的性情。同学中有个心胸狭小的牛皮大王叫奥托·温格尔的，和他起了争执。一开始，海尔纳保持着冷静、幽默、居高临下的姿态，后来他终于被激怒了，伸手扇了对方一记耳光。两人扭打在一起，像一艘无舵的小船颠簸着，打着转儿，在"海拉斯"室撞来撞去，一会儿撞到墙上，一会儿越过椅子，最后滚到了地板上。两人气喘吁吁，一句话不说，浑身冒汗，口吐白沫。同屋们站在一旁，面带谴责地躲闪着，把腿缩回去，把桌子和落地灯挪开，紧张又有点幸灾乐祸地等着看他们怎么收场。过了几分钟，海尔纳费力地爬起身，从对方身上挣脱出来，喘着粗气。他浑身是伤，眼睛充血，衣领被抓破，膝盖上破了个洞。对方还想再扑过来，他双臂交叉，不屑一顾地说："我不玩了——要打你尽管来吧。"

奥托·温格尔骂骂咧咧地走开了。海尔纳靠在自己桌上，拧开灯，双手插在裤兜里，好像在想心事。突然间，他的眼泪夺眶而出，而且越流越多。这可是闻所未闻的事，流泪在神学校是最让人耻笑的了。但海尔纳根本不打算遮掩，也不离开寝室，就静静地站在那儿，苍白的脸朝着灯，不擦眼泪，手也不从裤兜里拿出来。大家围着他，好奇而幸灾乐祸地看着，直到哈特纳走到他面前，说："嗨，海尔纳，你这样子不觉得害臊吗？"

泪流满面的男孩缓缓地朝四周看看，好像刚刚从沉睡中醒来。

"害臊？在你们面前？"他轻蔑地喊道，"哥们儿，才不会呢。"

他抹掉脸上的泪花，哼声一笑，吹灭灯，走出了寝室。

这出戏上演的整个过程，汉斯·吉本拉特一直待在自己的座位上，惊恐地望着海尔纳，直到他离去。过了一刻钟，他才敢起身去找他。海尔纳坐在阴暗寒冷的大寝室的窗台上，一动不动，望着十字回廊深处。从背后望过去，他的肩膀和尖细的头颅显得异常严肃，不像是个孩子。汉斯走到窗前，在他身边站住。他依旧一动不动。过了一会儿，他头也不回，嗓音沙哑地问：

"什么事？"

"是我。"汉斯怯生生地说。

"干什么？"

"不干什么。"

"是吗？那你可以走了。"

汉斯感觉很受伤害，想一走了之。但海尔纳又拦住了他。

"等等，"他假装刚才是在开玩笑，"我不是那个意思。"

两人看着对方的脸，他们生平也许第一次如此认真地注视对方，想象着在那年轻光洁的脸庞背后，隐藏着一个独特的生命，一颗不寻常的灵魂。

海尔纳慢慢伸出手臂，抓住汉斯的肩膀，把他拉到自己身边，直到他们的脸彼此贴近。汉斯发现对方的唇碰到了自己的嘴，顿时惊慌不已。

他的心怦怦直跳，感到一种异乎寻常的压抑。在黑暗中一起待在大寝室，还有这突如其来的一吻，实在有些冒险和刺激，甚至是危险。他想，如果这时被别人看到该多可怕，这比海尔纳的哭泣更可笑、更可耻。汉斯一句话说不出来，血直往头上涌，想一走了之。

如果成年人看到这小小的滑稽场面，看到两个孩子笨拙、羞怯而温柔的感情表达方式，会暗自好笑。男孩的脸严肃、瘦削、清秀，虽然还带着孩子气，但已经初显大小伙子的腼腆和固执，让人充满期望。

孩子们渐渐适应了集体生活，互相之间有了更多的认识和了解，很多人成了好朋友。有的一起学习希伯来语，有的结伴画画、散步或是阅读席勒，拉丁文好而数学差的同学找拉丁文差而数学好的人做朋友，形成一种互补关系。还有一些友谊建立在物质基础上，形成另外一种形式的契约。比如，大家十分羡慕的有很大火腿的男孩，和施塔海姆的园丁的儿子做了朋友，后者有整整一箱的苹果。有一次，前者吃火腿吃渴了，就和对方换了个苹果。两人坐在一起，谨慎地攀谈起来，发现火腿吃完后家里还会补充，苹果在来年春天前父亲也会源源不断地供应。于是两人建立起一种牢固的关系，比很多其他理想而热烈的联盟维持得更长久。

只有少数人还形单影只，这其中就有鲁休斯。这段时间，他正全情投入对艺术的"热爱"中。

有些伙伴看起来并不十分匹配，最明显的就是海尔纳和汉斯。一个是浮躁的诗人，另一个踏实而热衷功名。虽然在大家眼里，二人都聪明伶俐，才华横溢，但海尔纳的美名一半带有揶揄的成分，而汉斯则是男孩中真正的典范。不过并没有人去干涉他们，大家都各自忙着交朋友，无暇顾及他人。

这些私下的交往与兴趣并没有影响到学习。功课仍然是生活的主乐章、主旋律，鲁休斯的音乐、海尔纳的诗作，所有的合作、交易，偶尔的口角、打架，都只是学习之外的消遣。首先，希伯来课就要占去很大一部分精力，这古老奇异的耶和华的语言，像一棵行将枯萎的、脆弱的、却依旧充满神秘活力的大树，矗立在孩子们面前，谜一样奇形怪状，曲折多节。它奇异的枝叶、怪诞的色彩和芬芳的花瓣总是出人意料。在它空洞的枝干和根部居住着或凶恶或善良的千年精灵：有令人毛骨悚然的巨龙，天真迷人的童话，满脸皱纹、严肃干瘪的老人头与美少年，目光柔和宁静的少女和好斗的女人。在路德《圣经》中显得遥远迷茫的一切，在这粗糙真实的语言中变得有血有肉、绘声绘色，获得一种因古老而变得迟钝、同时又坚韧强大的生命力。至少在海尔纳眼中，希伯来语言是这样的。他无时无刻不在诅咒摩西五经，却比那些耐着性子学会了所有词汇、朗读时从不出错的学生更能汲取到生命和灵魂，吸收其中的养分。

其次是《新约》。它更加柔和、明朗，也更内在。《新约》的语言不再古老深奥和丰富，却充满了青春活力，富于幻想精神。

还有荷马的《奥德赛》。它的诗句读起来悦耳动听，铿锵有力，自然流畅如美人鱼洁白浑圆的手臂，向世人展现了一幅已经消失的、清晰而幸福的生活场景。它一会儿线条粗糙，轮廓明晰，容易理解和触摸，一会儿又如梦如幻，意义只在字里行间隐约闪现。相形之下，历史学家色诺芬和李维则消失得无影无踪，即便还在，也谦逊得退居一旁，显得黯然失色。

汉斯惊讶地发现，在他朋友的眼中，一切都完全不同。对海尔纳来说，任何事情都不是抽象的，都可以想象，并且可以用幻想中的色彩来描画，否则他干脆就不去理会。在他看来，数学是充满诡计和谜团的斯芬克斯，用冷漠邪恶的目光迷惑它的猎物。因此，海尔纳总是远远绕开这个庞然大物。

两人的友谊是一种很特殊的关系。对海尔纳而言，它是愉悦、奢侈和享受，也可以说是一种兴致。而对汉斯来说，它一会儿是令人骄傲的珍宝，一会儿又是沉重而巨大的负担。以前，汉斯晚上的时间都用来学习，可现在，几乎每天晚上，等海尔纳学够了，厌烦了，就跑到汉斯这儿来，把他的书拿开，要他一起玩儿。尽管朋友人很好，可汉斯每天都怕得要命，怕他占用自己太多的时间。他只好在规定的学习时间加倍努力，以免耽误功课。而当海尔纳站在理论高度上抨击他的勤奋时，他就更加难堪了。

"这简直就像计件工一样，"他说，"你并不真心喜欢，只是出于对老师或家长的畏惧。即便得了第一第二又能怎样？我在班上只排第二十名，但并不见得比你们这些上进生笨。"

海尔纳对待课本的态度也让汉斯吃惊不小。有一次，他把书忘在了大教室，便去向海尔纳借地图，想预习下一节地理课内容。他发现海尔纳的地图册每页都被涂抹了一遍，伊比利亚半岛西海岸的轮廓变得十分怪异，鼻子图形从波尔多一直延伸到里斯本，菲尼斯特雷角一带被画成卷曲的鬈发头饰，而圣文森特角则像把络腮胡子捻成了一个漂亮的尖儿。每页书都不再是原样了，地图背面的空白处是讽刺漫画和调皮的顺口溜，不时还有墨渍出现。汉斯习惯视自己的书本为圣物或宝贝。在他眼里，海尔纳的大胆鲁莽一方面是对神庙的亵渎，另一方面又是有些犯罪色彩的英雄行为。

吉本拉特似乎只是给朋友良好感觉的一个玩具，类似家猫的东西，汉斯本人偶尔也会有这样的感觉。但海尔纳很依恋他，他需要一个能让自己一吐为快、能倾听并欣赏他的人。当他慷慨激昂于有关学校或生活的革命性演说时，能有一个人静静地、用爱慕的眼神望着他。在他心情不好的时候，能有个人安慰他，让他把头埋在怀里。和所有类似性格的人一样，年轻诗人常常陷入莫名的、有点做作的忧郁发作，这一方面因为他正在告别少年时代，有许多过剩的精力、感受和欲望；另一方面是青春期特有的模糊冲动，他病态地需要被同情、被爱抚。以前他是妈妈的掌上明珠，现在，对于异性的情愫还没有成熟，乖巧温顺的朋友就成了他的慰藉。

到了晚上，他总是面带沮丧来找汉斯，引诱他停下手里的功课，和他一起去大寝室。在寒冷的大厅，或是高大而灯光昏暗的小教堂，他们肩并肩来回漫步，或是坐在窗台上聊天，冷得浑身发抖。这时，海尔纳开始倾吐他五花八门的苦衷，他倾诉的方式是喜欢海涅的男生特有的：很抒情，被稚气的忧郁之云笼罩。虽然汉斯不能完全理解这种忧郁，但他对此印象深刻，有时甚至会被感染。天气不好的时候，敏感的文艺少年心情尤其抑郁，痛苦与呻吟在晚上达到高潮。当晚秋的雨云将天空遮蔽，从云的背后，透过阴郁稀薄的云层和缝隙，月亮留下自己的轨迹，此时，海尔纳会陷入诗意的峨相[1]情绪中，沉浸于迷雾般的忧郁，用叹气、倾吐和诗句把一切倾倒在无辜的汉斯身上。

在朋友压抑情绪的困扰下，汉斯把剩下的时间都用来勤奋学习。头痛病经常发作，他倒是有心理准备，可是成绩越来越差，感到疲倦的时候越来越多，有时为了记住最基本的东西，不得不拧自己的皮肤，这让他感到十分焦虑。他隐隐觉得，和这个怪人做朋友会把他的精力耗尽，他生命中未被触及的某个地方会受到伤害。然而，朋友的情绪越糟糕，哭得越厉害，他越觉得抱歉，对他也就更温柔，并为自己的不可或缺感到骄傲。

1　是传说中3世纪时爱尔兰英雄，游吟诗人。

此外，他也清晰地感到海尔纳这病态的情绪只是过剩的不健康的冲动需要发泄而已，并不是他的真性情。汉斯对海尔纳的钦慕一如既往地出自真心。当朋友朗读他的新诗，谈起自己的诗人偶像，或充满激情、表情丰富地朗诵席勒或莎士比亚的戏剧独白时，汉斯觉得海尔纳仿佛借助一种自己没有的魔力在空中漫步，被神性的自由和火热的激情环绕，乘着一艘荷马神舟，与志同道合者一同飘然而去。以前，诗人的世界于他很陌生，也不怎么重要，现在他被这流畅的文字、迷人的意象和令人心旷神怡的诗句所蛊惑，无法抗拒。他对这全新世界的崇拜，与对朋友的欣赏，交织成一种独一无二的感情。

此时，暴风雨连绵、天色昏暗的 11 月已经来临，一天之中，不需要灯光的学习时间只剩下几个小时。漆黑的夜里，风暴推动云山碾过黑暗的高处，或呻吟或怒吼着冲刷古老坚实的修道院。茂盛的森林中，弯弯曲曲的树木之王——巨大的橡树，在枯萎的阔叶林中呼啸，比起其他树木来发出的声音更响亮、更凄楚。海尔纳最近心情十分抑郁，不大去找汉斯了，更喜欢一个人待在僻静的琴房，在小提琴上宣泄情感，或是和同学闹别扭。

一天晚上，他到常去的教室练琴，发现"上进的"鲁休斯正对着乐谱架刻苦练习。他只好气呼呼地走了。过了半个小时回来，发现鲁休斯还在没完没了地练。

"你可以歇会儿了，"海尔纳开骂了，"别人还得练呐。你那点抓挠把戏简直就是灾难。"

鲁休斯不肯善罢甘休。他心安理得地拿起琴，继续聒噪。这一下激怒了海尔纳，他一脚把乐谱架踢翻，一张张纸片满屋子飞，架子碰到了提琴手的脸上。鲁休斯弯腰去捡乐谱。

"我要报告老师。"他决绝地说。

"很好，"海尔纳愤怒地喊道，"而且你最好再告诉他，我还给了你一个免费大屁股墩儿。"他一边说一边开始行动。

鲁休斯迅速跳向一边抢占门口，海尔纳紧随其后，两人开始了一场惊天大角逐。他们穿过大堂、过道、楼梯和走廊，直到修道院最僻静的一座偏楼，那里是安静雅致的校长住所。一直跑到校长的书房门前，海尔纳才追上一路狂奔的鲁休斯，此时后者刚刚敲开门，还没来得及关上，终究还是被海尔纳踢了一脚，像一颗炮弹冲进了"统治者最神圣的殿堂"。

这可是以前从未发生过的事。第二天上午，校长主持全体大会，作了有关堕落少年的讲话。鲁休斯全神贯注地听着，不时赞许地点头，海尔纳则被关了禁闭。

"多少年来，"校长训斥道，"类似的事情在我们学校从未发生过，我有责任让你在十年后仍然记住这件事。你们所有人都要谨记海尔纳的例子。"

所有学员都斜眼偷看海尔纳，他脸色苍白、倔犟地站在那里，并不躲避校长的目光，让许多人暗自佩服。散会后大家喧闹着拥向走廊，像躲避麻风病人一样把他一人留在教室。现在走近他是需要些勇气的。

汉斯·吉本拉特也没过去，虽然他觉得自己应该做点什么。他为自己的懦弱感到痛苦，惆怅而羞愧地倚在窗边，不敢抬头。他非常希望能不被注意地去看望一下朋友，但是在修道院，关禁闭意味着被长期打上耻辱的烙印，将一直处于监督之下。和这样的人交往是危险的，会给自己带来坏名声。国家对孩子们的所谓善行，就是对他们严加管教，校长在开学演讲时已明确指出，汉斯也很清楚。他在对朋友的责任感和虚荣心之间来回挣扎。他的理想原本就是求上进，求功名，而不是成为浪漫危险的人物。于是他胆怯地缩在自己的角落。一开始或许还能拿出勇气，可是越犹豫就越困难，心里还没有准备好，背信弃义已经是既成事实了。

海尔纳能感受到这一切。内心火热的小伙子知道大家都躲着他，这他可以理解，但他对汉斯抱着期望。看到朋友这副样子，他觉得以前那些空洞的痛苦与此相比，实在是幼稚可笑。他在吉本拉特身边停了一下，脸色苍白，神情傲慢，小声对他说："你这卑鄙的懦夫。呸，见鬼去吧！"然后手插进裤兜继续走他的路，低声吹着口哨。

好在还有别的事需要年轻人去想，去做。几天后，忽然下起了雪，接下来是寒冷晴朗的冬季天气，可以打雪仗或溜冰。同学们忽然意识到，圣诞节和寒假马上就要到了。于是话题都集中到了节日上，海尔纳不再是注意的焦点。他仍然倔强地走来走去，昂着头，神情傲慢，和谁都不搭话，不时在笔记本上记下几句诗行。笔记本的封面是黑色防水布的，上面写着《僧侣之歌》。

橡树、桤木、山毛榉和柳树上挂满了霜花和冰凌，像一幅温柔奇妙的图画。池塘里，亮晶晶的冰块在严寒中咔嚓作响。十字回廊的庭院看起来像一座静谧的大理石园。寝室里洋溢着欢快的节日气氛，两位最矜持严肃的教授也因圣诞节的临近而变得温和，面带笑容。没有一个老师和同学会对圣诞节无动于衷，就连海尔纳也不再那么隐忍痛苦，鲁休斯已经在筹划假期中带哪些书和鞋子回家。家信中都是些美好而令人期待的内容：父母问孩子们有什么心愿，告知他们哪天是烤面包日，暗示节日礼物已经准备妥当。大家都期待着与家人团聚。

放假前，全体同学，尤其是"海拉斯"室的孩子们还经历了一件小趣事。大家想办场圣诞晚会，邀请全体老师参加，"海拉斯"的面积最大，就定在这个房间。大家准备了一篇节日贺词，两个朗诵节目，一个长笛独奏和一个小提琴二重奏，只差一个幽默类节目了。同学们献计献策，磋商良久，还是无法达成一致。这时卡尔·哈默尔随口说了一句：让鲁休斯来个小提琴独奏一定很有趣。这个主意立刻吸引了大家。禁不住大家的软磨硬泡，"音乐家"终于不情愿地答应了。于是，在郑重呈给老师们的邀请函节目单上，增加了一个特别节目："《平安夜》——小提琴之歌，演奏者：爱弥尔·鲁休斯，本室名家。"这个称号的获得得益于他在那偏僻琴房里刻苦的练习。

校长、教授、辅导老师、音乐老师和助教都应邀出席了晚会。当鲁休斯身着哈特纳给他借来的黑色燕尾服，头发修饰一新，礼服熨得服服帖帖，面带谦逊柔和的微笑走上台时，音乐老师的额上沁出了汗珠。刚上来的一鞠躬已经让大家忍俊不禁，后面的《平安夜》在他手中成了痛苦的哀怨，成了一首充满悲叹哀伤的苦难之歌。他起了两次头，将旋律拉断扯碎，脚打着节拍，像伐木工一样在寒冷的冬天辛苦劳作。

校长望着音乐老师点头微笑，对方则气得脸色惨白。

鲁休斯试着第三次起头，结果还是拉不下去。他干脆放下提琴，转身面向观众致歉："对不起，我是秋天才开始学小提琴的。"

"很好，鲁休斯，"校长喊道，"非常感谢！你已经尽力了，希望继续努力下去，per aspera ad astra![1]"

12月24日凌晨三点，寝室里已经热闹非凡了。窗玻璃上盛开着美丽的冰凌花，洗漱用的水都结了冰，修道院的院子里，冷风像薄刀片一样划过。但没有人理会这些小事。食堂的大咖啡壶冒着热气，不久，学生们裹在大衣和围巾里，三五成群，黑压压地越过光线昏暗的白茫茫的田野，穿过寂静无声的森林，走向远方的车站。大家聊着天，开心地笑着，每个人心里都装着隐秘的愿望、快乐和期待。在他们所来自的全国各地的城市或乡村，即便在最

1　拉丁文，意为越过岩石必能到达星空，喻克服万难必定成功。

寂寞的院落，他们的父母兄弟姐妹都在洋溢着节日气氛的温暖的家里盼望着。多数人第一次从外地回家过圣诞，知道家人正怀着骄傲和爱等待着他们。

积雪覆盖的森林中的一个小车站上，同学们在难耐的严寒中等候火车。大家从未如此意气相投，容易相处，从未有过这么多乐趣。只有海尔纳一人沉默着。火车进站后，他等别的同学都上了车，自己走进另一节车厢。在换乘车站，汉斯又看了他一眼，但瞬间的羞耻和悔恨很快就融化在回家的幸福与快乐中。

回到家，父亲很高兴，一直满意地笑着，礼物堆满了桌子。吉本拉特家从来没有过过真正意义上的圣诞节，这里没有圣诞歌和对节日的热情，缺少一个母亲，缺少一棵圣诞树。吉本拉特先生完全不懂怎么过节。但此时此刻，他为儿子感到骄傲，这次在礼物上也没有吝啬。其实汉斯已经习惯了以前的样子，并不感觉缺少什么。

大家都说他脸色不好，太瘦，太苍白。是修道院的伙食不好吗？他连忙否认，说自己过得很好，只是经常头痛。牧师安慰他说，自己年轻时和他一样，但也这样过来了。

河面已经冻结实了，节日里到处是滑冰的人。汉斯几乎整天待在外面，穿着新外套，戴着学校发的绿色帽子。他已经超越所有的老同学，进入了一个令人艳羡的更高的世界。

第四章

根据多年的经验，神学校每届都会失去个把孩子。有因病去世的，大家唱着赞美诗给他送葬，或者朋友帮着把遗体送回家乡。有自己要求退学的，或严重违纪不得不离开修道院的。偶尔有某个迷惘的男生因青春期的心理问题开枪自杀或投河自尽，但这种情况并不多见，而且只发生在高年级。

吉本拉特这个班级也失去了几个孩子，凑巧的是，这几个孩子都在"海拉斯"室。

寝室里有个不起眼的金发男孩兴丁格，外号"印度教徒"，是阿尔高某少数民族聚居地的一个裁缝的儿子。他平日里默默无闻，死后才引起大家有限的关注。只有节俭的"室内音乐家"鲁休斯，和这位友善谦逊的同桌交往多一些，除此之外他没有朋友。直到他死后，"海拉斯"的居民们才发现自己其实很喜欢他，他从没有任何过分要求，是纷扰喧闹的寝室生活的安静一角。

1月的某一天，他跟一帮滑冰的人去了马塘。他自己没有冰鞋，只是想去看看。不一会儿他就冻僵了，为了取暖，他在岸边跺着脚，然后小跑起来，离开大家跑到另外一片小湖上。这个湖水源温暖而且水流很急，没有冻结实。他穿过芦苇丛，因为身体又小又轻，在离岸很近的地方掉进湖里。他挣扎着，喊了一阵，但没人听到，就这样无声无息地进入了冰冷的黑暗之中。下午两点上课时，大家才发觉他不在。

"兴丁格在哪儿？"辅导老师喊道。

没人知道。

"到'海拉斯'去看看。"

自然没有他的踪影。

"他迟到了，我们不等了。请打开第七十四页，第七行。以后不许再出现类似情况，所有人都要准时上课！"

钟敲响三点时，兴丁格还是没有露面。老师开始担心起来，派人去叫校长。

校长很快出现在大教室，多方询问后，让助教和辅导老师带着十个学生出去找人，给剩下的孩子布置了书面作业。

四点，辅导老师回来了，他没敲门，径直走进大教室，跟校长耳语了几句。

"安静！"校长喊道。学生们坐在椅子上，满怀期待、一动不动地望着他。

"你们的同学兴丁格，"他继续轻声说道，"可能掉到某个池塘里了，你们都帮着去找找吧。由梅尔教授带领，你们要绝对听从他的指令，不得擅自行动。"

大家诚惶诚恐地出发了，一边小声嘀咕着。教授在前方带队，几个男人从镇上赶来，手拿绳索、木板和棍棒，也加入到匆忙的寻人队伍中。天气寒冷刺骨，太阳已经落到森林边了。

最终找到男孩僵硬的小身体时，暮色已经很深了。他被抬到担架上，灯芯草席上已铺满了雪花。孩子们像受惊的小鸟战战兢兢围在四周，目光呆滞地望着尸体，搓着冻得发紫的手指。担架抬着淹死的孩子走在前面，他们默默地跟着，压抑的心灵掠过一阵阵颤栗，像麋鹿遇到天敌一样嗅到死亡的气息。在这些可怜的、被冻坏了的孩子中间，汉斯·吉本拉特恰好走在昔日的朋友海尔纳边上，两人在同一块崎岖不平的田埂上趔趄了一下，同时发现了对方。也许因为刚刚亲眼目睹了死亡，汉斯瞬间感到自我的虚无，朋友煞白的脸庞近在咫尺，让他体味到一种无法言喻的深沉的痛苦。冲动中，他握住了朋友的手。海尔纳把手抽了回去，受伤地望向别处，然后换了个地方，消失在队伍的后排。

模范少年汉斯的心感到一阵痛楚和羞耻。他继续走在寒冷而崎岖不平的田野上，冻得发紫的脸上，眼泪止不住哗哗地往下流。他知道，有些罪与过无法被忘却，悔过不能弥补过失。他恍惚间觉得那躺在高高的担架上的，不是裁缝瘦小的儿子，却是他的好友海尔纳，怀着对他不忠的愤怒和痛苦，走向另一个遥远的世界，那里没有人在乎成绩、考试和成就，只在乎良心的纯洁与玷污。

走上公路，很快就到了修道院。在校长的带领下，全体老师列队迎接死去的兴丁格。他生前若有如此殊荣，恐怕早羞涩得跑开了。老师看待死去的学生时，目光是完全不同的，在这一刻，他们也会相信青春与生命的价值，以及它的无可挽回，而平日里却毫不顾忌地践踏着这一切。

当晚和接下来的整整一天，那无形的尸体像施了魔法，让所有人说话做事都变得轻柔、和缓，一切都仿佛披上了一层薄纱。冲突、愤怒、喧闹、欢笑，都像水怪一样隐藏起来，水面波澜不惊，水流似乎毫无生气地停滞了。

提到死去的男孩时，大家都用他的全名，用外号称呼死者有失尊重。内向的"印度教徒"平日里一向无人理会，无人注意，如今，他的名字和他的死亡充满了整个修道院。

第二天，兴丁格的父亲来了。他一个人在停放儿子尸体的小房间待了好几个小时。然后校长请他用茶，他在牡鹿旅社住了一宿。

接下来是葬礼。棺木安放在大寝室，阿尔高裁缝站立一旁，静静地看着大家。他有着名副其实的裁缝身材，身体又尖又瘦，穿着黑中泛绿的男士小礼服和蹩脚的瘦腿裤，手里捏着一顶过时的礼帽。他瘦长的脸上一副悲恸的表情，显得忧伤而软弱，像风中行驶的小船上闪烁的一点微光，在校长和教授面前一直是一副恭敬和羞愧的表情。

在抬走棺木前的最后一刻，悲伤矮小的父亲再一次走上前，羞涩而温柔地摸一摸棺木的盖子，无助地站在那儿，强忍着眼泪。他站在寂静的大房子中间，像冬天里一棵矮小的枯树，孤苦伶仃，无助地向众人展示着自己的痛苦。牧师拉着他的手，与他并肩而立。然后，他戴上那顶形状漂亮的宽檐儿帽，第一个跟在棺木后面，下了楼梯，穿过修道院的庭院、古老的大门和白茫茫的大地，朝教堂墓地低矮的院墙走去。学生们在墓旁唱着赞美诗，多数人没去留意音乐老师的节拍，只盯着矮小的裁缝师傅那孤独的、轻飘飘的身体，这让指挥十分恼怒。裁缝孤独地站在寒冷的雪中，低着头，听着牧师、校长和优秀学生的讲话，心不在焉地向唱歌的学生们点点头，不时用左手去掏藏在大衣下摆那儿的手帕，却一直没能掏出来。

事后奥托·哈特纳说："当时我一直在想，假如是我的父亲站在那儿，会是什么样子。"大家纷纷表示赞同："是啊，我也这么想的。"

葬礼结束后，校长和兴丁格的父亲一同来到"海拉斯"室。"你们有谁和兴丁格特别要好吗？"校长问。一开始没有反应，父亲担心而痛苦地望着男孩子们的面孔。这时鲁休斯走了上来，兴丁格的父亲拉着他的手，握了一小会儿，不知道说什么好，很快又谦恭地点着头出去了。他动身离开了学校，要在冬季明亮的原野坐一整天的车，回家给妻子讲述他们的小卡尔长眠在了一个什么样的小地方。

笼罩着修道院的魔障解除了，老师们又开始严加管教，大门被关上，大家很少再想起"海拉斯"寝室的那个死去的男孩。有几个伤感的孩子在那池塘边站得太久，被冻感冒了，躺在病房里，或是脚被冻伤，穿着毡子拖鞋、围着围巾跑来跑去。汉斯·吉本拉特毫发无损，但是经历了这起不幸事件，他变得严肃老成了，从小男孩蜕变成了青年。他的灵魂也仿佛走到另外一个国度，战战兢兢、茫然无措地四处飘零，找不到休憩的港湾。倒不是"印度教徒"的死带来多少恐怖与忧伤，而是对海尔纳的歉疚意识觉醒了，让他无法释然。

此刻的海尔纳正和另外两个同学躺在病房，强忍着咽下热茶。他正好有时间整理一下在兴丁格死亡事件中的感受，作为以后诗歌创作的素材。但这并没有给他带来多少慰藉，他看上去十分痛苦，很少和病友聊天。自打关禁闭以来，他被迫独处，敏感的喜欢与人分享的性情受到伤害，变得更尖刻了。老师们把他当作心怀不满的叛逆者严格监视，同学们躲着他，助教善意地嘲讽他。只有莎士比亚、席勒和勒瑙是好朋友，向他展示了另外一个世界，比他所处的这个令人压抑和屈辱的世界更强更伟大。他的《僧侣之歌》一开始只是些遁世的忧郁调调，后来渐渐成了针对修道院、教师和同学的辛辣而恶意的诗句。他在走向孤独的过程中找到一种殉道者的享受，无需他人理解。他在冷酷的毫不留情的诗文中自比小朱文诺[1]。

1　罗马讽刺诗人及讽刺文学家。

葬礼后的第八天，两个病友痊愈了，海尔纳独自一人躺在病房。汉斯去看望他，怯怯地小声问候，然后搬了张凳子坐到病床边。他拿起病人的一只手。海尔纳不情愿地转向墙，一副很难亲近的样子。但汉斯这次很坚决，他紧握着那只手，逼着老朋友转身看着自己。海尔纳气恼地咬着嘴唇。

"你到底要干什么？"

汉斯紧握他的手不松开。

"你一定要听我说，"汉斯说，"当初是我太懦弱了，置你于不顾，但你是了解我的，我的想法就是在学校拔尖，尽可能争当第一。你说这是追逐名利，我觉得这没什么不好，这是我的理想，我不知道比这更好的东西了。"

海尔纳闭上眼睛。汉斯继续轻声说："你知道，我很抱歉，我不知道是否还能做你的朋友，但你一定要原谅我。"

海尔纳沉默着，眼睛没有睁开。他的心已经对着朋友开颜欢笑了，但习惯了辛辣与孤独角色的他，脸上还戴着面具。而汉斯没有退缩。

"海尔纳，你必须原谅我！我宁可倒数第一也不想再这样追着你跑来跑去。你要愿意，我们还是朋友，让所有人看到我们并不需要他们。"海尔纳用力按了按朋友的手作为回答，终于睁开了眼睛。

几天后，海尔纳也离开了病房。两人的重归于好在修道院引起了不小的动静，对好朋友来说，这几个星期过得十分奇妙，虽然没什么特别的事发生，但两人有一种隐约的归属感，渐趋于无需言语的和谐亲密。和以前不同，这几周的隔膜让他们都发生了改变，汉斯更加温柔、热情、富有激情，海尔纳则具备了一种更有活力的男子汉气质。他们都非常想念对方，因此重新和好像一件大事，一件令人开心的礼物。

不知不觉中，两个早熟的男孩在友情中提前品尝了初恋那敏感而羞涩的奥秘。他们的友谊散发出一种成熟男子气的青涩魅力，以及挑衅全体同学的酸涩趣味。大家依旧不喜欢海尔纳，对汉斯则是不理解。他们之间当初的许多友情只是无伤大雅的小孩游戏而已。

汉斯在友情中越投入，和学校就越疏远。新鲜的幸福感像新酿的葡萄酒，流过他的血液，穿过他的思维。李维和荷马失去了原有的光彩，不再重要。老师们忧心忡忡地看着曾经的完美学生变成了问题少年，任由危险的海尔纳对他施加影响。老师们最担心的，恐怕就是早熟男孩在危险的年龄开始的青春骚动。海尔纳无疑是个天才，天才与教书匠之间自古就横亘着一条鸿沟，天才们在学校的表现一向让教授们反感。在他们看来，天才就是不尊重师长、十四岁吸烟、十五岁恋爱、十六岁进酒馆、读禁书、写放肆文章、不时嘲讽老师的坏孩子。在教师日志里，他们是暴徒、是关禁闭的候选人。教书先生宁可班上有几头蠢驴，也不愿出一个天才。其实这也无可厚非，因为教师的任务不是造就突出人才，而是培养优秀的拉丁文学者、数学家和诚实的人。学生和老师之间谁忍耐对方更多一些，谁承受了更多的沉重，哪一方更像暴君、更折磨人，谁败坏了对方的心灵，毁灭了他们的生活，如果不是怀着愤怒和羞耻回想自己的青春年华，很难探讨清楚。可以告慰的是，真正的天才总会抚平伤痕，违背学校意愿完成他们的优秀作品。将来，当他们离开人世，在遥远的灵光笼罩下，他们会被学校当作荣光和崇高的榜样向后世的孩子们炫耀。就这样，从一所学校到另一所学校，制度与才华之间的斗争不断重复，国家和学校总是不遗余力地将多年才会出现的几个真正有价值的天才连根拔掉。往往是那些被教书匠痛恨、经常被惩罚、被赶走或逃离的孩子，未来会成为丰富我们民族宝藏的人物。而又有多少这样的孩子，在无言的反抗中备受煎熬，最终陨落。

根据古老而优秀的学校的准则，即便很突出的孩子，一旦嗅到他们做了出格的事，人们给予的不是加倍的爱护而是苛求。只有校长——他很为汉斯的希伯来文感到骄傲——笨拙地尝试挽救他。他派人把汉斯叫到校长办公室，这是从以前的修道院院长的住所凸出来的一个漂亮房间，传说附近克尼特灵根的浮士德博士曾在这里享用过几杯艾尔芬酒。校长人不坏，也不乏明智和实用的聪敏，对自己的学生甚至抱有好意，疼爱地用"你"来称呼他。他最大的缺点是虚荣心强，喜欢在讲台上夸夸其谈，不允许别人对他的权力和权威有丝毫怀疑。他不能容忍异议，不会承认自己的失误。意志薄弱、闷声不响的学生可以和他和睦相处，而志向远大的正直孩子却很难和他交往，因为即便是一点点暗示出的矛盾都会让他不高兴。他深谙长辈友人的角色，把它看作一种美德的体现，并善于运用鼓励的目光和感人的声调。现在他就在扮演这样的角色。他用力握了一下踌躇着走进门的男孩的手，和气地说："吉本拉特，请坐。"

然后他又说：

"我想和您谈谈，可是，我可以用'你'称呼吗？"

"请吧，校长先生。"

"亲爱的吉本拉特，我想你自己也注意到了，最近一段时间，你的成绩有所下滑，至少希伯来文是这样。你可一直是我们学校希伯来文最棒的学生，看到你退步我感到很痛心。是不是你不喜欢希伯来文了？"

"哦，不是的，校长先生。"

"你仔细想想，有时也会发生这种情况，也许是你开始喜欢另外一门功课了？"

"不是的，校长。"

"真的吗？ 那我们就得找找别的原因了。你能给我点提示吗？"

"我不知道……我一直在努力做功课……"

"当然，亲爱的，当然，但要把两件事区别开来。你的功课当然是完成了，这也是你的义务，可是你以前总是学得更多、更勤奋，对这门功课表现出更大的兴趣。我的疑问是，你的热情怎么突然减退了，你没生病吧？"

"没有。"

"还是因为头痛？当然，你看起来脸色不好。"

"是的，我有时头痛。"

"你觉得每天的功课太重了？"

"哦，没有，没有的事。"

“或者你自己私下看的书太多了？你对我一定要诚实。”

“没有，我几乎什么课外书都不读，校长先生。”

“那我就搞不懂了，我的年轻朋友，肯定有什么地方不对劲。你能向我保证继续努力学习吗？”

汉斯把手放在权威伸出来的右手上，他带着严肃而温和的表情看着他。

“这样很好，我的朋友，非常好，千万不能懈怠，否则你会被碾到轮下的。”

他紧紧握了握汉斯的手让他离开。汉斯松了口气，向门口走去。刚走到门口，又被叫住了。

“还有一件事，吉本拉特，你经常和海尔纳来往对吗？”

“是的。”

“比和别人在一起的时间多，是这样吗？”

“是啊，他是我的朋友。”

“怎么会这样呢？你们是完全不同的人。”

“我不知道，反正他是我的朋友。”

“你知道，我不是很喜欢你的朋友。他是个不知足、不安分守己的人，或许有些天分，可成绩不好，对你影响也不好。我希望看到你能够远离他，可以吗？"

"这我做不到，校长先生。"

"做不到？为什么呢？"

"因为他是我的朋友，我不能置之不理。"

"嗯，那你可以和别人多交往嘛。你是唯——个受海尔纳不良影响的人，后果我们有目共睹。他身上有什么如此吸引你呢？"

"我也不知道，我们彼此有好感。我只知道，离开他我就成胆小鬼了。"

"是这样……那好吧，我不会强迫你，但我希望你能慢慢离开他，那样我会很高兴，会非常非常高兴的。"最后几句话已经没有了先前的柔和。汉斯终于可以走了。

这以后，他又开始刻苦用功，但也只能勉强跟上进度，不可能像以前一样顺遂。他知道，在某种程度上是朋友影响了他的学习，但他不认为这有什么大碍，反而把友情视作珍宝，认为它抵消了他所有的损失——这是一种更温暖、更高层次的生活，从前那种只为尽义务的理性生活与之无法相比。他像陷入初恋的情人，觉得自己终究要成就大事，不愿陷入无聊的日常琐事，常常为自己被束缚在这苦役上叹息不已。他做不到像海尔纳一样很快写完作业了事，而晚上的闲暇时间又几乎都被朋友占了，他只好强迫自己每天早起一小时，和希伯来文文法这"敌人"展开搏斗。实际上他只对荷马和历史感兴趣，开始摸索着去理解荷马的世界。历史课上，那些英雄不再只是名字和数字，他们近在咫尺，目光炯炯有神，嘴唇鲜艳红润，脸庞和手形各异；有的手红润、丰厚、粗糙，有的手安静、冷峻、没有"表情"，有的细长、灼热，布满青筋。

读希腊文的基督教福音时，他有时也能清晰地感到书中人物栩栩如生地站在眼前，令他吃惊，让他折服。有一次，读到马库斯第六章，耶稣及弟子离开船，书中写道："他们立刻认出了他，跑了过去。"此时，他仿佛真的看到人子[1]离开船，而且也立刻认出了他，不是从身形和脸庞，而是从充满爱意和光芒的目光深处，以及他修长、漂亮、浅棕色的手臂——被居住于其中的优雅而坚强的灵魂所塑造的手臂——轻轻挥舞时那邀请、欢迎的态度中。恍惚间，他似乎看见一片被搅动的水的边缘，一只沉重的小船的船头瞬间浮现，然后整个画面像冬日里的呵气一样消失了。

---

1 "人子"在《旧约》中通常是"人"的同义词，而在《新约》中耶稣常以"人子"隐喻自己。

类似这样的场景会经常出现：书中某个人物或历史事件，仿佛在期盼另一次生命，渴望地探出头来，在活人的眼中闪现。汉斯为这转瞬即逝的景象所吸引，感到诧异，又发现自己也随之发生了深刻而奇异的变化，仿佛黑色的大地变得玻璃般透明，上帝在注视自己。这些珍贵的时刻像朝圣者和友好的客人，不招自来，无怨而去，笼罩着神性与陌生气氛，我既不敢与之交谈，也无法请求它们留下。

这些经历汉斯对任何人都没有透露，包括海尔纳。海尔纳由原来的那个忧郁男孩变成了一个偏激易怒的人，对所有的人和事物，包括修道院、老师和同学、天气以及人类生活，甚至上帝的存在，都抱着批判态度。他喜欢与人争执，突如其来地寻衅闹事，因为曾被孤立而成为大家的对立面，在骄傲情绪中由于不假思索而将矛盾激化成顽固的敌意关系。吉本拉特无意阻止这一切的发生，自己也被卷了进去，最终二人形成一个惹人注目、遭人嫉妒的孤岛，与众人隔绝。如果不是因为校长，汉斯倒也没觉得有什么不适，他对校长还是有些心存畏惧。自己原是他的得意门生，现在却被冷落，被故意忽略。偏偏校长执教的希伯来语课，也让他越来越没了兴趣。

令人欣喜的是，仅仅过了几个月，除了少数几个孩子，四十个神学校学生中的绝大部分，身心都发生了很大变化。许多人长高抽条了，手腕和脚踝从变短的衣服里露出来，尚未褪去孩子气的脸上隐约露出些男子气概。有些孩子身体还未呈现有棱有角的青春期的样子，学习摩西五经至少在他们光滑的前额上刻下些许成人般的严肃。红润圆胖的孩子脸倒是不多见了。

汉斯也变了。他的身高和瘦弱都赶上了海尔纳，年龄显得比他还大一些。曾经柔软的额头向四周突出，眼睛更加深陷，脸色不健康，四肢和肩膀瘦弱多骨。

他对成绩越是不满意，就越加坚定地向海尔纳靠拢，离同学们就越远。他不再是模范生和尖子生，无法再俯视他人，自大的外衣已经不适合他了。同学们也似总在提示这一点，让他感到痛苦和无法原谅，尤其那个自命不凡的哈特纳以及多嘴的奥托·温格尔，有时甚至与其动起手来。一次，当温格尔又来取笑他，汉斯怒不可遏地用拳头回敬。温格尔是个胆小鬼，但对付一个文弱对手还是觉得轻而易举，于是对他大打出手。海尔纳当时不在场，其他人只站在那儿看笑话，听任汉斯挨打。结果，他被结结实实地揍了一顿，鼻孔流血，每一根肋骨都痛得要命，一整夜都在羞耻、痛苦和气愤中无法入睡。他没有把这件事告诉朋友，只是从此变得更加闭塞，和室友一句话也不说。

临近初春，随着中午和周日雨水的增多，以及黄昏时光越来越漫长，修道院的生活也起了变化。"雅典卫城"室有个钢琴好手，还有两个长笛吹得不错，他们一起办了两次音乐晚会。"日耳曼"室搞了个戏剧读书会。还有几个年轻的虔信教徒组织了《圣经》研讨会，每天晚上读一章《圣经》，以及卡尔维尔（出版社）版的《圣经》注解。

海尔纳申请加入"日耳曼"室的读书会，结果没被批准。他气得要命，为了报复，又去找《圣经》研讨会，那儿也不愿要他，但他硬是挤了进去。在谦逊的小教友们虔诚的讨论中，他的大胆言论和无神论的影射常常使得他与大家起争执。他很快对此也厌倦了，但这之后的很长一段时间，说话时依旧保留了那种半开玩笑半神圣的腔调，但并未引起大家注意。同学们都在各自忙着自己的活动，期望着有所建树。

被大家议论最多的是一位有趣又有才的"斯巴达"人。除了自己出风头，他也想给班级带来些活力，通过各种好玩的恶作剧让大家在单调的学习生活中找到些乐趣。他的外号叫"邓斯坦"[1]，在制造轰动、迅速提升个人地位方面是个天才。

一天早上，学生们走出寝室，发现盥洗室门口贴着一张纸，题目是"斯巴达讽刺短诗六则"。它挑了几位比较引人注目的同学为目标，以对句诗的形式讽刺他们做过的一些蠢事、与同学间的摩擦以及交友等。吉本拉特和海尔纳这一对儿也在内。这在修道院的小小王国里引起巨大的反响。大家纷纷挤上前去观看，"斯巴达"室门前像剧院门口一样人声鼎沸，大家你推我搡，嘀嘀咕咕，像一群正要随蜂王出门的蜜蜂。

第二天一早，整扇门都贴满了讽刺诗和格言，有回应的、赞同的，也有新的攻击。而它的始作俑者却聪明地退出了，他在谷仓里放了把火，自己却置身事外。这几天几乎所有学生都参加到讽刺诗大战中，在盥洗室门外走来走去，一边看一边思考自己该写些什么。恐怕只有鲁休斯一人置身事外，继续做着他的功课。最后，这事被一位老师发现了，从此禁止大家再继续这种吵吵闹闹的游戏。

聪明的邓斯坦并没有躺在桂冠上休息，而是准备大干

---

1 邓斯坦（生活于公元10世纪），坎特伯雷大主教，他在进修道院四年后被提升为院长，成为主教。

一场。他出版了自己的第一期报纸，版面很小，誊印在草稿纸上。为此他用了好几个星期收集材料，报纸名叫"豪猪报"。这是一份讽刺小报，在第一期靓丽登场的是《约书亚传》的作者和一名毛尔布隆神学校学生之间的滑稽对话。

报纸非常成功。现在的邓斯坦，表情举止俨然一个忙碌的编辑和出版商，他在修道院的声誉不亚于当年威尼斯共和国的亚历蒂诺[1]。

海尔曼·海尔纳也狂热地投入到编辑工作中，和邓斯坦一起撰写犀利的讽刺评论。他在这方面的幽默感和才干让大家吃惊不小。小报让整个修道院屏息关注了整整一个月。

吉本拉特任由朋友独享其乐，他在这方面既无兴趣也没天分。起初他根本没注意到海尔纳晚上总往"斯巴达"跑。汉斯有他自己的烦恼：大白天总是懒洋洋的，没法专心学习，功课进度很慢，也提不起兴趣来。一次，上李维历史课的时候发生了奇怪的事。

老师点名让汉斯翻译，可他坐着不动。

1　亚历蒂诺（1492—1556），威尼斯作家，其喜剧作品中的故事曾被莎士比亚借用。

"怎么回事？你怎么不站起来？"老师生气地喊道。

汉斯还是一动不动，直直地坐在凳子上，微微低着头，眼睛半闭。老师的喊声把他从梦中惊醒，声音像是从很远的地方传来。边上的同学使劲捅他，他是知道的，但这似乎与他无关，他被另外一些人包围着，他们的手触摸他，和他"交谈"，声音离他很近，很轻，没有话语，只是些低沉柔和的声音，像淙淙的泉水。无数双眼睛望着他——陌生的、预兆不祥的、炯炯有神的大眼睛，也许是刚才在李维的书中读到的某个罗马部族的一群人的眼睛，也许是他在梦中或是什么画面上见过的陌生人的眼睛。

"吉本拉特！"老师喊道，"你在睡觉吗？"

男孩慢慢睁开眼睛，奇怪地盯在老师身上，摇摇头。

"你刚才在睡觉吧！要不你来告诉我，我们刚才学到哪儿了？你说一下！"

汉斯用手在书上指点着，他很清楚刚才讲到哪儿了。

"也许你现在愿意站起来了？"教授面带讥讽地问道。汉斯站了起来。

"你在搞什么名堂？看着我！"

他看着教授。但教授明显不喜欢他的目光，诧异地摇着头。

"你感觉不舒服吗，吉本拉特？"

"没有，教授先生。"

"坐下吧，课后到我办公室来。"

汉斯重新坐下，低头看着他的李维书。刚才他是完全清醒的，什么都明白。但同时，他内心的眼睛却跟着许多陌生人，随他们渐行渐远。那些熠熠发光的眼睛一直望着他，直到消失在远方的浓雾之中。同时，老师和正在翻译的同学的声音，以及教室里各种杂音越传越近，最终变得和平日一样真切而现实。长凳、讲台和黑板一如往常待在原地，墙上仍然挂着木质大圆规和三角板，周围的同学斜着眼不怀好意地看着他。汉斯吓了一跳。

"课后到我办公室来。"——他听见了这句话。天哪，到底发生了什么事？

下了课，教授招手让他过去。在同学们的众目睽睽之下，他跟着老师离开。

"好了，告诉我，这到底是怎么回事？你是不是睡着了？"

"没有。"

"那我叫你起立时你为什么没站起来？"

"我不知道。"

117

"还是你没听见？你听力有问题吗？"

"不是，我听见了。"

"听见了不站起来？你后来的眼神也是怪怪的。你当时在想什么？"

"没想什么，我是想站起来的。"

"那为什么没站呢？什么地方不舒服吗？"

"不是，我也不知道怎么回事。"

"你头痛吗？"

"没有。"

"好了，你先走吧。"

开饭前他被带到寝室，校长和校医在那儿等他。经过一番检查和询问，还是没有明确的结果。校医亲切地对他笑笑，认为情况不是太糟。

"这是轻微的神经衰弱，校长先生，"他微笑着说，"是暂时的虚弱，一种轻微的眩晕，年轻人应该每天接触新鲜空气，回头我再给他开一些治头痛的滴剂。"

从此，汉斯每天饭后到户外活动一小时。他自己倒没什么意见，可校长明令禁止海尔纳陪他散步，海尔纳气得破口大骂，但也没办法，只得遵命。汉斯每天独自散步，也自得其乐。此时正值初春，漂亮的拱形丘陵上铺了一层细细的、稀疏的嫩芽，像绿色的波浪。树木正在摆脱它们冬季的形态，那明晰的褐色网状轮廓，与新鲜叶子彼此重叠融合，迷失在流动的、无边无际的、充满活力的绿色风景中。

以前，在拉丁学校读书时，春天在汉斯眼中与现在完全不同。那时，他观察事物的眼光活泼而充满好奇，注重细节。他知道不同种类的候鸟在不同的时间飞回来，每种植物在不同的时间开花，5月是可以开始钓鱼的季节。而现在，他不再费心区分鸟的种类，不再根据花苞辨别不同的灌木，只是欣赏生机勃勃的景致和到处萌发的新鲜色彩，呼吸着嫩芽的气息，感受柔软发酵的空气，不带好奇地从田野上走过。他变得容易疲劳，总想躺下来或睡上一觉，而且经常看到各种各样虚幻的事物。那究竟是些什么，他说不清，事后也记不起来，只是模模糊糊地感到些鲜明的、温柔而不寻常的梦境，像是肖像或奇怪的树木形成的林荫道围着他，不会发生任何事。那只是些供观赏的图像，但观赏本身就是一种经历，是离开现实到另外的地方，遇到另外一些人；是在陌生的土地，在柔软的、脚感舒适的土壤之上徜徉；是呼吸陌生的空气，一种轻盈细腻、梦幻般的空气。偶尔，代替这些画面的是一种模糊、温暖、刺激的感觉，仿佛一只手轻柔地拂过他的身体。

汉斯很难集中精力在阅读和学习上。那些他不感兴趣的内容像影子一样从手下溜走，希伯来语生词只有在下半节课才能学进去。书中那些直观的画面栩栩如生，穿梭往来，比周围的环境更真切、更现实。他绝望地发现自己的记忆力一天比一天麻木，一天比一天不可靠，反而是过去的记忆异常清晰，这让他既感到害怕又觉得奇怪。上课或看书的时候，父亲、老保姆安娜，或是他以前的同学经常在脑海中浮现，瞬间转移了他所有的注意力。在斯图加特的那段时间、州立考试以及假期时的场景一再出现，有时他看到自己拿着鱼竿坐在河边，嗅着阳光照耀下的水面腾起的雾气。幻觉中的这些场景，似乎都是多年以前的事了。

在一个湿热昏暗的傍晚，汉斯和海尔纳在大寝室散步。他给海尔纳讲家里的事，讲爸爸、钓鱼以及学校。海尔纳出奇地安静，任凭他讲着，偶尔点下头，或是若有所思地将他一整天都在把玩的小直尺对着天空挥几下。渐渐地，汉斯也沉默下来。夜晚来临，二人坐到窗台上。

"汉斯？"海尔纳终于发问了，声音不太自信，还有些激动。

"什么事？"

"嗨，没什么。"

"别这样，你快说！"

"我只是觉得——你告诉我那么多事——"

"你到底要说什么？"

"汉斯，你从没追过女孩子吗？"

一阵寂静。他们还从来没有讨论过这个话题，汉斯有点害怕，但它像仙境花园一样吸引着他。他脸微微发红，手指也在颤抖。

"只有一次，"他小声说，"那时我还是个笨小孩。"

又是一阵沉默。

"你呢，海尔纳？"

海尔纳叹了口气。

"还是算了吧——你知道我们不该谈这个，没用的。"

"谁说的。"

"——我有个心上人。"

"你？真的吗？"

"在我的家乡，邻居家的姑娘。今年冬天我吻了她。"

"你吻了她？"

"是的——那天，天色已经晚了，在雪地上，我帮她把冰鞋脱下来，然后就吻了她。"

"那她说了什么？"

"没有，她只是跑开了。"

"那然后呢？"

"然后——什么也没发生。"

他又叹了口气。汉斯像看着一个从禁忌花园中走出来的英雄那样看着他。

这时睡觉的铃声响了。熄灯后，一切归于寂静，汉斯在床上躺了一个多小时没睡着，想着海尔纳给姑娘的那个吻。

第二天他还想再问问，却羞于开口。海尔纳因为汉斯没有问起，自己也不好意思重提这个话题。

汉斯的成绩越来越差。老师们的脸色难看起来，校长也沉着脸，对他很不满意，同学们都看得出吉本拉特的排名直线下降，不再争当第一了。海尔纳没有觉察，他对学业本来就无所谓。汉斯也任其发展，没有在意。

此间，海尔纳厌倦了报纸的编辑工作，全心全意回到朋友身边。尽管学校有禁令，他在汉斯散步时还是经常陪伴左右。两人一起躺在地上晒太阳，做做梦，读读诗，或是开校长的玩笑。汉斯希望海尔纳再讲讲他的爱情故事，但时间拖得越久，他越是不好意思问。他们在同学们中间前所未有地不受欢迎，海尔纳因为在《豪猪报》上的恶意讽刺更是失去了大家的信赖。

报纸也停刊了，寿终正寝，它原本就是为了度过冬春之交这段无聊的时光而存在的。美丽的季节来临了，大家可以到植物园或是户外去散步，在游戏中找到足够的乐趣。修道院的操场上，每天中午都是孩子，他们做体操、摔跤、赛跑、打球，大声叫喊，一派生机勃勃的景象。

这时又发生了一起轰动校园的事，肇事者和关键人物依然是众矢之的——海尔曼·海尔纳。

校长听说海尔纳无视他的禁令，几乎天天陪着吉本拉特散步。这回他没去打扰汉斯，而是让人把主谋和宿敌海尔曼叫到办公室。他使用"你"称呼，却立刻遭到海尔纳的拒绝。他指责海尔纳不服从学校规定，海尔纳辩解说，他是吉本拉特的朋友，任何人没有权力禁止他们交往。激烈争论的结果是，海尔纳被关几个小时的禁闭，并严令禁止他再和吉本拉特一起出去。

第二天，汉斯又开始一个人散步了。他两点钟回来，和大家一起到大教室上课。这时，他发现海尔纳不在了，和"印度教徒"失踪那天的场面完全一样，只是这回谁都不认为是海尔纳迟到了。三点钟，所有学生连同三位老师一起去寻找失踪者。大家分散开，在林子里到处搜寻，呼喊他的名字。有些人，包括两位老师，都认为他可能自杀了。

下午五点，所有警察站都得到电报通知。晚上，给海尔纳的父亲发了封快信。天已经很晚了，还是没有海尔纳的踪影，大家在寝室里叽叽喳喳，一直议论到深夜。有人猜他跳河了，绝大多数都是这么想的，也有人认为他干脆回家了。可是他应该身无分文。

大家都以为汉斯应该知道怎么回事，但事实并非如此，他比任何人都感到意外和担忧。夜里，听着别人在寝室发问、猜测、胡扯、说笑，他把头深深埋进被子里，沉浸在对朋友的担心和痛苦中，久久不能入睡。他预感到好友不会再回来了，在惊恐和痛苦的煎熬中，他疲惫而焦虑地慢慢睡去。

此时，海尔纳正躺在几英里外的一片小树林里，冻得无法入睡。但他深深地呼吸着自由的空气，四肢伸开，仿佛刚从狭窄的笼子里飞出的鸟儿。他中午从学校跑出来，在克尼特灵根买了面包，偶尔吃上一口。这会儿他透过初春嫩绿而稀疏的枝桠，望着黑暗的夜空和星辰，以及疾行的云彩。他无所谓去哪儿，重要的是终于摆脱了讨厌的修道院，还有，他要让校长明白，自己的意志强于他的命令与禁令。

接下来的一天，大家还是白费力气。第二个夜晚，他是在一个村庄附近的稻草堆里度过的。早上，他照旧来到森林，傍晚，在去另外一个村子的路上，他落到一个乡村警察的手里。村警毫无恶意地嘲笑了他一番，然后把他送到村公所。他的风趣和奉承很中村长的意，他把他带回自己家，用火腿和鸡蛋把他喂饱，还让他在家里过夜。次日，匆匆赶来的父亲把他接走了。

出走者被带回来时，修道院里又是一阵轰动。海尔纳高高地昂着头，对自己的天才小旅行毫无悔恨之意。学校要他检讨，他拒不服从，在修道院的法庭上也没有表现出丝毫的畏惧与恭敬之心。学校原本想挽留他，但他做得实在太过分了，最终以玷污学校名誉的名义把他开除了。当晚，他和父亲一起踏上了回家的路，永远不再回来了。他和朋友吉本拉特握握手，算作告别。

校长就此极端堕落与叛逆事件做了一通漂亮而热情洋溢的长篇演讲，他交给斯图加特上级机构的报告却温和、客观，也轻巧得多。不许学生们与那个怪家伙有书信往来，汉斯对此只是付之一笑。此后的几个星期里，大家都在谈论海尔纳和他的出走。距离与逝去的时间改变了人们普遍的看法，在那些总是躲着海尔纳的人的心目中，海尔纳成了飞走的山鹰。

"海拉斯"寝室现在空出了两张桌子，第二个离去的不像第一个那样轻易被忘却。只有校长希望这一回事情也能很快平息下来。海尔纳丝毫没有打扰修道院的宁静，他的朋友等啊等，却一封信也没有等到，他离开后便杳无音信。他的形象与他的出走渐渐变成故事，最终成为一个传说。以后，在经过一系列这样的"天才行为"，走了各种各样的弯路之后，这位富有激情的小伙子逐渐被生活的磨难纳入正轨，即便不能成为英雄，也终将磨练成一个真正的男子汉。

汉斯一直受到怀疑，他被认为对海尔纳的出逃有所知晓，老师们对他彻底失望了。一次，他在课堂上回答不出问题，老师说："你怎么没和你那好朋友海尔纳一起离开？"

校长不再关心他，只是带着鄙视的同情侧眼旁观，像法利赛人看着税吏[1]。吉本拉特不再有价值了，他像麻风病人一样被隔离了。

---

1 法利赛人是谨守律法、注重礼仪的宗教人士，在犹太社会受人敬重景仰。税吏为罗马统治者收税，经常讹诈穷人，欺压弱者，被犹太同胞所不齿。

第五章

像只有些库存的仓鼠，汉斯依靠他先前积累的知识完成了一部分学业，接下来则是痛苦的匮乏期。他几次试图改变现状，但这些尝试短暂而无力，毫无希望，仿佛努力本身都在㰠斜着眼睛嘲笑他。于是，他不再做无用功，不再折磨自己，继摩西五经和色诺芬之后，他把荷马和代数也扔到了一边，麻木地看着自己在老师心目中的地位节节下降，从优秀到良，再到中等，直到零。头不痛的时候（现在头痛又是家常便饭了），他会想念海尔曼·海尔纳，或睁着眼进入一种轻盈的梦境，持续几个小时陷入半思半梦的朦胧状态。近来，他学会了用和气、恭顺的微笑面对老师们越来越频繁的指责。唯有辅导老师韦德利希——一位和善的年轻教师——为他无奈的笑容感到痛心，充满同情地爱护这偏离了正常轨道的孩子。其他人总是对他发火，或轻蔑地不理不睬，偶尔冷嘲热讽一下，藉此刺激他那已经麻木的荣誉感。

"假如碰巧没睡着，能请您读一下这个句子吗？"

校长的愤慨披着教养的外衣，虚荣的他笃信自己的目光威力无穷。因此，当他威严的眼神一再受到吉本拉特恭顺的微笑"挑战"时，他终于控制不住自己的愤怒了：

"别总这么没头没脑地傻笑，我看你倒是应该大哭一场！"

父亲的来信对汉斯触动更大一些。校长给父亲吉本拉特写了信，内容让他很震惊。这个正派男人的来信中全都是鼓励的词藻与道德谴责，他对此很在行。但无意间流露出哀怨和凄楚，让儿子感到心痛。

所有将引导青年视为己任的人，从校长到父亲吉本拉特，到老师与助教，都把汉斯看作他们愿望达成的障碍，看作一股顽固不化、懒散迟钝的力量，需要强制将他带入正轨。也许，除了那位抱有同情心的助教，没人能在男孩脸上无奈的笑容里看到一个正在沉沦的灵魂的痛苦，看到男孩在淹没前恐惧而绝望地向四周张望。没有人哪怕有一瞬间想到，是学校、父亲和几个教师的极度虚荣，让天性脆弱的孩子落到今天这步田地。为什么在他最敏感、最容易受伤的青春期，每天要用功到深夜？为什么以前要拿走他心爱的小兔子？上拉丁学校时，为什么让他与同学疏远，禁止他去钓鱼和漫步，向他灌输过时而耗费精神的虚荣心，以及空洞无聊的理想？为什么大考之后也不让他享受一下应得的假期？如今，这匹过度劳累的小马驹终于瘫在了路上，不中用了。

刚入夏时，校医又给他检查了一次，诊断结果是因发育引起的神经衰弱。他需要在假期里完全静养，保持营养充足，多到森林里散步，这样也许会有所好转。

可惜没等到那时候。放假前三个星期的一天下午，汉斯在课上又被教授训斥了一顿。他还没骂完，汉斯就歪倒在凳子上，浑身发抖，不停地哭泣、痉挛。课没法上了。他在床上躺了半天。

第二天的数学课上，老师让他在黑板上画一个几何图形并求证。他走到黑板前，头开始晕，手里的粉笔和尺子无意识地画来画去，最终掉到了地上。他弯腰去捡的时候，人跪倒在地，爬不起来了。

病人闹出这种事让校医很生气。为保险起见，他要求立刻让汉斯去休养，并建议请神经科专家参与治疗。

"他还可能得舞蹈病。"他悄悄对校长说。校长点点头，觉得自己把烦躁气恼换成慈父般的惋惜表情更合适。

这对他来说轻而易举，也符合身份。

校长和医生分别给汉斯的父亲写了信，放进男孩包里，送他回家。校长的怒气变成深深的忧虑：海尔纳事件刚刚过去，现在又发生了这样的不幸，教育局会怎么想？这次，他甚至出人意料地放弃了演讲训话，在最后几个小时对汉斯的态度也和蔼可亲了。他明白，汉斯休假后不会再回学校了。他本来就落后很多，即便身体康复了，也要耽误几周甚至几个月的功课，想补回来是难上加难。和汉斯告别时，他用鼓励的口吻发自内心地说了声"再见"。每次走进"海拉斯"室，望着三张空空的书桌，他总会感到难堪，虽然不愿承认，但内心无法抑制这样的念头：这两个才华横溢的孩子的离去，或许多少和他有关。当然，身为勇敢而道义上神经坚强的男人，他很快就把这无用又无益的自我怀疑从内心赶走了。

神学校学生汉斯就这样提着旅行袋上路了。修道院的教堂、大门、山墙以及尖塔渐渐消失在身后，森林和起伏的丘陵也不见了，代之以巴登州界肥沃的果园和草地，然后是普佛尔兹海默和黑森林地区的深蓝的枞树山丘。无数溪谷将丘陵分割开来，在炎炎夏日，比以往更显得湛蓝、清凉、阴影密布。男孩眺望着不断变幻的、越来越接近家乡风格的景色，心情开朗起来。直到火车快要进站，想到父亲迎接他的情景，旅行的小小快乐就被尴尬与不安淹没了。他回忆起去斯图加特参加考试，以及到毛尔布隆上学时，自己曾感受到的紧张和掺杂着些许隐忧的快乐。如今看来，这一切又有什么意义呢？他和校长一样清楚，他不可能再回去了，上神学校，上大学，以及所有飞黄腾达的希望和雄心壮志都结束了。他倒并不十分伤心，只是面对失望的父亲感到心情沉重，觉得是自己辜负了他的培养。他现在唯一的心愿就是睡个好觉，把苦恼都哭出来，做个美梦，在经历了所有这些磨难之后能清静清静。他担心这些父亲都不能给他。火车快到站时，他开始感到剧烈的头痛，虽然列车正行驶在他最喜欢的土地上，这里有他曾满怀热情走过的高地和树林，但他无心向外张望，甚至差点错过了最熟悉的家乡火车站。

终于，他手拿雨伞和旅行袋站在站台上。父亲上下打量着他。校长的最后一次来信，使父亲对不成器的儿子的失望与愤怒化为不知所措的担心。他以为自己会看到一个弱不禁风、脸色憔悴的人儿，但儿子看起来还算不错，除了瘦弱以外，自己还能走路，这让他多少感到宽慰。他最怕的是儿子得了医生和校长提到的精神病，他的家族还没有过这种病史。人们对这样的病人总是报以无情的讥讽或轻蔑的同情，像对待疯人院里的疯子一样。他以为汉斯会带着这样的病回家来。

第一天，男孩没有受到指责，觉得挺高兴。后来，他渐渐发现父亲在竭力控制自己，担忧地、小心翼翼地对待他，有时用充满探究与好奇的目光看着他，用一种压低的、拿捏的声调和他说话，偷偷观察他。这让他对自己的病愈加担心起来。

天气晴好时，他在树林里一待就是好几个小时，这让他感觉好些。儿童时代在这里度过的幸福时光留下一抹淡淡的余晖，不时掠过他受伤的心灵：采摘鲜花，捕捉昆虫，聆听鸟儿的啼鸣，寻觅野生动物的足迹，都曾给他带来无尽的欢乐。但沉浸于回忆只是瞬间的事，大部分时光里，他懒散地躺在青苔上，头很沉，试着想点什么，却是徒劳，直到梦境再次袭来，将他带入遥远的时间与空间。

有一次，他梦见海尔纳死了，躺在担架上。他想过去看他，却被校长和老师们拦住，每次挤上去又被推回来，身体被撞得很疼。在场的不仅仅是学校的教授和辅导老师，还有以前的校长和斯图加特的监考老师，所有人都板着面孔。有时，躺在担架上的海尔纳又突然变成了淹死的

"印度教徒"，后者滑稽的父亲头戴大礼帽，弯着罗圈腿，痛苦地站在一旁。

还有一个梦是：他在森林里跑啊跑啊，寻找失踪的海尔纳。海尔纳的身影在林间远处不时闪现，可他一喊，又消失不见了。后来海尔纳终于站在那儿了，等汉斯走过来便对他说："嗨，我有个心爱的姑娘。"然后夸张地大笑着，又消失在树丛中。

有时，他看到一个漂亮、瘦削的男人从船上下来，目光宁静而充满神性，双手漂亮安详。汉斯朝他走去，却发现一切只是错觉。正疑惑间，福音里的一句话跳了出来："他们立刻认出他，并跑了过去。"然后，他开始回想句中动词的变位，它的现在时、不定式、完成时和将来时都是什么，单双数、复数全部变位一遍，一打磕巴，他就害怕，浑身大汗淋漓。等他回过神来，感觉脑子里到处是伤，脸部本能地抽搐着，昏昏欲睡中现出恭顺内疚的微笑，这时校长说："你这傻笑是什么意思？你倒更应该大哭一场。"

汉斯的病情偶尔好些，但总体来说越来越糟。当年给他母亲看病、开立死亡证明的那位家庭医生，有时来给患痛风的父亲看病，看过汉斯之后脸色很不好，一直不愿说出他对汉斯病情的看法。

这几个星期，汉斯发现自己在拉丁学校的最后两年没什么朋友了。当年的同学有的离开，有的做了学徒。他和任何人都没联系，他不需要他们，也没有人关心他。有两次，老校长和他亲切地聊了几句，拉丁语老师和牧师在马路上和他客气地点点头，但是汉斯已经和他们无关了，他不再是那个可以把所有东西都塞进去的容器，不再是可以播撒各类种子的田地了。已经不值得在他身上花时间和精力。

如果牧师能多少关心他一下也好，可他又能做什么呢？他能给他的无非是知识，和追寻知识的引导，这些他当年都毫无保留地给了他，现在也没有更多的东西了。有的牧师拉丁文水平一般，但布道的内容家喻户晓，人们有困难时愿意去找他，因为他的眼睛能看到痛苦，他的话语能够疗伤。但汉斯的牧师不是这样的人。父亲吉本拉特也不是能给人慰藉的朋友，尽管他一直竭力掩饰对儿子的失望。

汉斯感到孤独，不受欢迎。一个人坐在小花园里晒太阳，或躺在林子里，沉浸于自己的梦想或苦恼中。读书不能给他安慰，因为一读书就头痛眼疼，在修道院经历的鬼魅和恐惧就会出现，将他置于令人窒息的恐怖的梦魇中，用灼热的目光牢牢盯着他。

在孤独的困境中，另一个幽灵——一个假冒的安慰，开始走近病重的男孩，渐渐与他熟悉，变得不可或缺，那就是死亡的念头。搞到一把枪，或在林中随便找个挂绳子的地方上吊，都很容易。每天在散步的路上，他几乎都在设想这样的场景，寻找着一个合适的僻静角落。后来，他终于找到一片空场，一个结束生命的好地方。此后，他经常来这儿坐一会儿，想象大家有一天发现他死了，这让他感到一种少有的快乐。挂绳索的树枝选好了，结实程度也试过，一切都已就绪，他陆续准备好了给父亲的一封短信和给海尔曼·海尔纳的一封很长的信，人们发现尸体时就会找到它们。

这些准备工作及其带来的安定感对他的情绪有一种良好的影响。有时，坐在这不幸的树枝下，他感到身上的压力远离了自己，一种几乎可以说是快乐的舒适感涌上心头。为什么没早点吊在那根树枝上了事，他自己也不清楚。主意已定，死亡成了一件已经决定的事，这让他感觉舒畅。就像远行之前人们喜欢做些特别的事，他并不拒绝在最后几天享受一下美丽的阳光和孤独幻想。一切已经就绪，他可以随时出发，在从前的环境里逗留一阵，看着那些对自己的危险决定一无所知的人的脸，这带给他特别而苦涩的幸福感。每次遇到医生，他心里都在想："你等着瞧吧！"

命运让他为自己的阴暗企图感到高兴，看着他每天从死亡之杯啜饮几滴欢乐与活力之酒。或许这心灵扭曲的年轻生命无足轻重，但任何生命都应当完成它的循环，而不是浅尝生活的苦乐之后，就从平面图上消失。

这无法摆脱的折磨人的念头渐渐淡去，让位于听之任之的疲惫感，一种无关痛痒的懒散情绪。汉斯怀着这样的情绪虚度时光，冷峻地望着蓝色的天空，偶尔梦游一番，或孩子气一下。有一次，他坐在花园里，在懒散沉闷的情绪中，心不在焉地反复哼唱一首随意想到的歌，那还是在拉丁学校时学的：

> 啊，我如此疲惫！
> 唉，我这般柔弱！
> 钱包空空如也，
> 口袋里也是一样。

他照着以前的老调子，哼唱了大概二十多遍，脑子里还是空的。父亲站在窗前听着，一阵心忧。他的枯燥性情无法理解这单调无聊的随意哼唱，认为这是无望的智力衰退的表现。以后他更加忧心忡忡地观察着儿子，汉斯当然感觉得到并且为此痛苦。但他还是不能下决心把绳子挂到那结实的老枝桠上。

炎热的夏季到了。自州试和暑假以来，已经过去一年了。汉斯有时也会回想这些经历，但并不为所动。他开始变得麻木。想去钓鱼，又不敢和父亲说，每次站在河边对他都是一种折磨。有时，他在无人的水边驻足，热切的目光追逐着鱼儿静静浮游的黑色身影。每天傍晚，他往河的上游走一段去游泳，总会经过监管员盖斯勒的小房子。有一天，他偶然发现自己三年前热恋的爱玛·盖斯勒回来了。他好奇地观察了她几次，发现自己不像从前那么喜欢她了。她曾经是个身材柔美、气质优雅的小姑娘，长大后动作变得笨拙，还梳着一种显老的时髦发型，这让她完全变了样，那身长衣服也不合体，她大概想让自己显得成熟些，效果却不怎么样。汉斯觉得她可笑的同时也充满了遗憾，想当年只要能看见她，心里就会感觉特别甜蜜和温暖，充满了模糊朦胧的爱意。是啊，一切都不同了。那时一切都更美更明朗，更有活力！很长时间以来，他除了拉丁文、历史、希腊文、考试、神学校和头痛以外，什么都不知道。那时他有童话书，有海盗故事，在花园有自制的磨坊在转动，晚上在纳邵尔特家门口听丽兹讲惊险故事。他一度把邻居大约翰看成是杀人强盗——大家叫他加里巴尔迪——甚至还梦到过他。那时，每个月都有好玩的事：晒干草、割三叶草、钓鱼捉蟹、收啤酒花，从树上摇李子下来、烤土豆，还有脱粒打场，中间还有许多可爱的周末和节假日。那时有无数神秘的、充满魔力的东西吸引他：各式各样的房屋和街巷，台阶、谷仓、井泉、篱笆，还有人和动物，他都喜欢，都熟悉。他帮着采摘啤酒花，听大姑娘们唱歌，歌词大都是诙谐的、令人发笑的，也有奇怪地哭诉的，听上去好像脖子被扼住一样。

所有这一切都在不经意间消失了，结束了。先是没有了丽兹讲故事的美妙夜晚，接着星期日上午的捕鱼活动取消了，童话书也不读了，一个接一个，直到摘啤酒花和花园中的磨坊。唉，所有这一切都去了哪里？

早熟的男孩在他生病的这些日子里经历了他的第二次童年。当年被剥夺的兴致，随着对美妙朦胧的岁月的渴望又飞了回来，在记忆的森林里翩翩起舞。这强烈而清晰的记忆也许是一种病态，但与当年的亲身体验相比，这样重新经历并不缺乏热度与激情。被欺骗与被夺走的童年像一股被阻隔的悠长泉水涌入他的心田。

树木被剪掉枝干后会在根部滋生出新芽，同样，心灵如果生病或受到伤害，会回归可以春天般无限遐想的童年，在那里重新发现希望，将断裂的生命之线续接起来。根部的嫩芽汁液旺盛，生长迅速，但这样的生命只是假象，永远不会长成一棵真正的大树。

汉斯·吉本拉特的情况也是如此。因此我们有必要回溯一下他童年王国的梦幻之路。

吉本拉特家的房子坐落在古老的石桥附近，在两个差别很大的街巷的夹角处。一条是本城最长、最宽、最体面的街，叫"皮匠街"，他们家就在这条街上。另外一条街依陡峭的山地而上，又短又窄，穷人居多，叫"鹰街"，它因一家早已关门歇业的古老饭店而得名，该店当年的招牌是一只鹰。

皮匠街的居民都是响当当的正派人家，有自己的住房和私家花园，在教堂有专座，花园后面通往山上的坡路修了台阶，篱笆与70年代修建的、有黄色染料木环绕的铁路路堤相接。只有市镇广场能和皮匠街相媲美，那里教堂、法院、市政厅和教区办事机构云集，整洁庄严，给人以舒适的都市感。皮匠街虽然没有办公机关，但私人住宅都有富丽堂皇的大门、漂亮古典的桁架房屋和可爱明亮的山墙，它们给这条街带来亲切、舒适与光线充足之感。街上只有一排房子，因为街对面的栏杆廊桥的脚下是一条河。

如果说皮匠街悠长、宽敞、明亮、雅致，那么鹰街正好是它的反面。鹰街这里的房屋歪斜昏暗，墙皮脱落而且污迹斑斑，有些山墙悬在那里，门窗多处破损或修补过，烟囱被扭弯，屋檐的水槽年久失修。街上的房子彼此互占空间，遮挡光线，街巷窄小，而且奇怪地弯来弯去，还总是黑糊糊的，在雨天或太阳下山后尤其显得湿暗。每扇窗户前都有竹竿和绳子，总有衣物挂在上面。因为街巷窄小憋屈，所以许多人家挤在一起，更有二手房房客和租床铺的人，让歪斜陈旧的房子的角角落落都住满了人。因而，贫穷、恶习和疾病是这里的常客，如果伤寒病暴发，肯定少不了这里；如果有人被杀，这条街肯定有份；城里有偷盗事件发生，人们首先到鹰街来找罪魁祸首。这里是江湖小贩的廉价住所，比如诙谐的洗衣粉贩子霍特和磨刀匠亚当·希特尔，一有什么坏事发生，大家都会猜测是他们干的。

刚上学的头几年，汉斯是鹰街的常客。他和一帮淡黄头发、衣衫褴褛的坏小子听恶名昭著的洛蒂·弗洛米勒讲凶杀故事。她曾嫁给一个饭馆小老板，蹲过五年监狱，年轻时是出了名的美人，在厂里有很多情人，围绕她发生过许多丑闻和决斗。现在她独自一人生活，下班后靠煮咖啡、讲故事打发时间。她家的门总是大敞着，除了女人和青年工人，还有一群邻里的孩子凑过来听故事，他们随着情节的展开一会儿惊喜一会儿害怕。黑黑的石锅台上，锅里烧着水，油灯和蓝色的煤火照着人头攒动的昏暗房间，闪烁的火光充满了惊险意味，听众硕大的影子映在墙上、天花板上，影影绰绰如鬼魅般晃动。

八岁的汉斯在那儿认识了芬肯拜因兄弟俩。尽管父亲严厉禁止，他还是和他们来往了一年左右。哥俩分别叫道尔夫和埃米尔，是镇上有名的烂仔、打架好手，满脑子都是坏点子，因为经常偷水果、破坏林子而远近闻名。他们倒卖鸟蛋、铅弹、小乌鸦、白头翁和兔子，夜里偷着钓鱼。进别人家的花园如入无人之境，篱笆再尖，围墙上的玻璃碎片再密，也挡不住他们翻墙而入。

鹰街的孩子当中，海尔曼·莱西腾海尔与汉斯来往最多。他是个早熟的残疾孤儿，与众不同。他一条腿短，挂着拐走路，不能和孩子们在街上游戏。他很瘦，脸色苍白，下巴很尖，嘴角过早地下拉，一副苦相。他各种手艺样样精通，尤其喜欢钓鱼，并把这个爱好也传给了汉斯。汉斯当时还没有钓鱼许可证，他们就在没人的地方偷偷钓。如果说狩猎能给人带来乐趣，那偷猎则是最高享受。驼背的莱西腾海尔教汉斯削鱼竿、编马鬃、染绳子、绕线圈、削钓钩，还教他怎么看天气和水面的动静，怎样用麸皮把水搅浑，怎样选择正确的鱼饵并固定好，告诉他如何区分鱼的种类，倾听鱼上钩的动静，鱼线下在哪个高度最合适。他很少说话，基本用动作示范要领，让汉斯了解掌握收放的细微奥妙。他对商店出售的漂亮鱼竿、软木塞、玻璃绳之类的人工钓具一律嗤之以鼻，加以冷嘲热讽。他让汉斯相信，鱼竿的每个零件都得自己做，自己装，才能钓上鱼来。

汉斯和芬肯拜因兄弟后来不欢而散。而性格平和、走路一瘸一拐的莱西腾海尔却是静静地离开他的。那是2月的一天，他躺在简陋的床上，拐杖搁在放衣服的板凳上，他在发烧，不久便安静地死去了。鹰街很快就把他忘了，只有汉斯思念了他很长时间。

鹰街还有许许多多不寻常的人。有谁不知道因酗酒被免职的邮递员罗特勒，每两周就会醉倒在大街上，夜里经常闹点笑话出来。但他平时却像个孩子一样乖巧，永远和善地笑着。他让汉斯从他的椭圆盒子里吸鼻烟，有时汉斯把钓的鱼带来，他用黄油煎了请汉斯一起吃午饭。他有个装着玻璃眼珠的鸳鸟标本，还有一只古老的八音盒钟，这钟奏出的古老舞曲音色细弱优美。还有，谁不认识机械师鲍尔施！他即便光着脚，衬衣的袖口也总是很讲究。他父亲是旧学校里要求严格的乡村教师，他耳濡目染，对《圣经》的大半内容都很熟悉，知道许多格言、谚语。但所有这些加上雪白的头发也挡不住他在女人面前献殷勤，还常常喝得烂醉。喝多以后，他喜欢坐在吉本拉特家墙角的路缘石上，叫着过往行人的名字，炫耀他源源不绝的格言警句。

"小汉斯·吉本拉特，我的好孩子，听我说！西拉赫[1]是怎么说的？不给人出坏主意、内心坦荡的人，会得主的

1　西拉赫（生卒年不详），犹太哲人，有很多至理名言。著作多完成于公元前190—前180年。

祝福！树上的绿叶，有的凋零，有的长出来，人也一样：有的死亡，有的出生。好了，你可以回家了，你这海豹。"

除了熟知大量宗教格言，老鲍尔施脑子里还装着许多神秘离奇的鬼怪故事。他知道鬼神出没的地方，甚至对自己的故事也将信将疑。他讲故事的时候，通常以疑惑、夸张、轻蔑的口吻开始，好像在拿自己的故事和听众开玩笑，但渐渐地，随着情节的展开，他害怕地缩起头，声音越来越低沉，最后变成一种恳切的、令人毛骨悚然的轻声耳语。

这条贫穷的小巷充满了多少阴森、隐秘、幽暗而勾人心魄的东西啊！锁匠布兰德在店铺关门歇业、本已不堪入目的车间完全破败之后，也在这儿住过。他在小窗前一坐就是大半天，幽幽地望着生机勃勃的小巷。偶尔，哪个衣衫褴褛、脏兮兮的邻里孩子落到他手里，都会被他幸灾乐祸地好好折磨一番：拧耳朵，扯头发，把浑身上下掐得青一块紫一块。但是，有一天，大家发现他吊死在自家房子的楼梯上，挂在一根镀锌铁丝上，样子看起来非常可怕，没人敢靠近，直到老机械师鲍尔施从后面用剪铁皮的剪刀把镀锌铁丝剪断。伸着舌头的尸体掉下来，滚到楼梯上，一直滚进被吓坏了的人群中间。

每次从宽敞明亮的皮匠街来到幽暗潮湿的鹰街，一股异样的污浊空气夹杂着令人既高兴又害怕的憋闷气扑面而来，总会让汉斯产生一种混合了好奇、敬畏、不安与即将历险意识的欣喜感觉。鹰街是唯一一个能和童话、奇迹、闻所未闻的可怕故事沾边的地方，在这里，魔幻与鬼怪的存在是可信的，也是可能的，与被老师没收的传奇故事和罗特林民间传说一样，让人既害怕又快乐。那些书中讲的都是阳光旅店老板、剥皮者汉内斯、刀匠铺的卡尔和邮差米歇尔之类的反面英雄、凶犯或冒险家的恶行以及他们遭报应的故事。

除了鹰街还有一个地方与众不同，可以经历或听到些新鲜事，让自己迷失在幽暗的顶楼和不寻常的房间，那就是附近的鞣皮作坊。这是一所巨大的旧房子，昏暗的楼顶悬挂着大张兽皮，地下室有带盖的水沟和禁止通行的通道。晚上，丽兹就在这里给孩子们讲迷人的童话故事。这儿比对面的鹰街更安静、更友好、更富有人情味，同时不乏神秘感。作坊的伙计在坑里、地下室、鞣革场和水泥地上干活的样子奇特有趣。大而深的房子里则寂静无声，令人毛骨悚然，既神秘又吸引人。身体壮硕、神情忧郁的主人如同食肉兽，令人敬畏。丽兹则像个仙女，在这怪异的房中走来走去，像所有孩子、鸟儿、猫和小狗的保护人或妈妈一样。她心地善良，脑子里装满了诗意与童话。

汉斯的思绪在他觉得早已陌生了的世界来回游荡。失意与无望让他逃回过去的美好日子，那时他充满了希望，世界像一片庞大的魔术森林在他面前刚刚展开，可怕的危险、被诅咒的财宝和镶满绿宝石的宫殿都隐藏在看不透的深处。他的触角曾在这蛮荒之地探寻，可是在奇迹到来之前，他已经疲惫不堪了。现在，他再次站在这神秘昏暗的入口，但这一次是作为局外人，怀着悠闲的好奇心。

汉斯又到鹰街去了几趟。那里光线依旧昏暗，气味令人作呕，角落和楼梯间还是黑糊糊的。白发老人和妇女仍然坐在门口，蓬头垢面的黄头发孩子叫喊着跑来跑去。机械师鲍尔施老得认不出汉斯了，对他羞答答的问候报以嘲讽般的咩咩叫。大约翰，大家叫他加里巴尔迪的，已经死了，洛蒂·弗洛米勒也死了。邮差罗特勒还健在，向汉斯抱怨那几个小子把他的八音盒钟弄坏了。他给汉斯吸鼻烟，想让他接济自己一下，还讲起了芬肯拜因哥俩的事。他们一个在烟草厂工作，已经像个老家伙一样不停地酗酒，另一个在一次教堂落成典礼上动了刀子就离开了，一年多没再出现过。一切都不尽如人意。

一天傍晚，汉斯穿过大门和潮湿的院子走进鞣皮作坊，这大房子里仿佛藏着他的童年和所有失去的快乐。顺着弯弯的楼梯和铺了石板的前廊爬上黑暗的楼梯间，摸索到挂着动物皮毛的顶楼，闻到一股刺鼻的皮革味，随之而来的是对过往的回忆。他下楼摸到后院，那里曾是鞣池和又高又窄的晾晒鞣料[1]的架子的所在，上面有个顶棚，丽兹就坐在那儿，旁边是一筐准备削皮的马铃薯，一群孩子围着她听故事。

汉斯在黑暗的门边停下脚步，竖起耳朵。夜幕渐渐降临，静谧笼罩着鞣皮场的院子，除了院墙后潺潺的河水声，只能听到丽兹削土豆皮的沙沙声和她讲故事的声音。孩子们蹲坐在那儿，几乎一动不动。她在讲圣徒克里斯朵夫的故事，那声音仿佛孩子越过夜幕下的河水在呼唤圣徒。

汉斯凝神听了一阵，然后轻轻穿过黑色前廊，准备回家。他知道自己不再是个孩子了，晚上不能再去鞣革场丽兹家听故事了。他像避开鹰街那样也避开了鞣皮作坊。

1　适宜鞣制皮革的树皮和草的碎料。

第六章

时值深秋，阔叶木夹在黝黑的冷杉林中间，闪耀着星星点点的红与黄。浓雾笼罩着峡谷，河水在早晨清冽的空气中蒸腾。

当年的神学校学生汉斯，每天脸色苍白地在旷野中来回闲逛。他百无聊赖，疲倦困乏，尽量回避和他人交往。医生给他开了些药水，让他多吃鱼肝油和鸡蛋，经常洗冷水澡。

但这些办法都无济于事。也不足为怪，健康的生命需要生活的内容和目标，但是，对于年轻的吉本拉特来说，这些都不复存在了。父亲打算让儿子学做文书或工匠，虽然汉斯还很虚弱，需要恢复体力，但现在可以开始计划，应该让他认真考虑考虑自己的未来了。

最初的困惑渐渐淡化，连汉斯自己都不再相信自杀这件事了。自此，他从激动多变的惊恐状态陷入有规律的忧郁，缓慢地、毫无抵抗地，像陷进一团柔软的泥浆。

漫步于秋季的田野，他的心情随季节而变。秋天将尽，树叶无声地凋零，草地渐渐枯黄，清晨雾霭浓密，植被在成熟与疲惫中消亡。目睹这一切，他和所有病人一样感到沉重、无望与忧伤。他希望自己随它们一起消失、安睡、死去，但年轻的身体却沉默而坚忍地反抗着，牢牢地挂在生命之树上，令他痛苦万分。

他看着树木渐渐枯黄，变成褐色，光秃秃地立在那里。望着林间袅袅升起的乳白色浓雾，最后一次采摘后了无生气的果园，无人再来观赏的已经凋零的紫菀。他望着河水，游泳和钓鱼已成过眼云烟，河面上漂满了枯叶，冰冷的河岸上，只有坚忍的皮匠还在劳作。几天来，河中一直裹挟着大量果渣子，榨汁场和所有磨坊都在忙着榨果汁，果香在城里的大街小巷上空轻轻飘过。

鞋匠弗拉伊格也在下游的磨坊租了一台小压榨机，邀请汉斯来榨果汁。

磨坊前的空场上，到处是大大小小的压榨机、车辆、盛水果的筐和麻袋，还有大木桶、清洗槽、矮罐和圆桶、木质操纵杆、手推车和空车，以及堆成小山的褐色果渣。压榨机转动着，发出吱吱嘎嘎的声音，尖叫着、呻吟着、抱怨着。它们多数被漆成绿色，这绿色和果渣的棕黄色、苹果筐的颜色、浅绿的河水、打赤脚的孩子们以及清朗的秋阳一起，让每个在场的人都能感受到快乐，感受到生机勃勃和富足。苹果被碾压的声音听起来脆生生的，刺激人的食欲。路过的人听到了，必定会拿起一只苹果咬上一口。甜甜的、橙黄色的新鲜果汁从管子里大股大股地流出，在太阳下欢笑着。经过的人看见了，必定想要喝上一杯，趁早尝鲜。人们这时眼睛湿润，浑身上下感到一股甜丝丝的暖流，十分惬意。空气中充斥着果汁那欢快、浓郁、迷人的香味，这是一年里最美妙的东西，是成熟和丰收的象征。临近冬天时呼吸到这样的空气，让人们在心里涌起对所有美好事物的感恩之情：5月的绵绵细雨，夏天沙沙的雨声，秋天清凉的晨露，春天和煦的阳光，明亮灼热的夏季酷暑，白色和玫瑰红的鲜花，成熟时和收获前果树那红棕色的光泽，以及四季更迭给人们带来的所有美妙与快乐。

对所有人来说这都是金光闪闪的日子。阔佬和喜欢炫耀的人们屈尊亲临现场，掂量着滚圆的苹果，数着成打的袋子，用银质小杯品尝果汁，让大家都听到，他们的果汁里不掺一滴水。穷人们只有一袋水果，用玻璃杯或陶碗掺着水喝，一样感觉自豪与快乐。出于某种原因没榨果汁的人，在熟人和邻居的压榨机中间，从一家走到另一家，在哪儿都会得到一杯果汁，口袋里被塞进一只苹果，说两句行话证明自己也不是外行。数不清的孩子，无论贫富，举着一只杯子到处跑，手里拿着咬过的苹果和一块面包。自古以来就有个谁也不知道理由的传说，说在榨果汁时多吃面包，以后就不会闹肚子。

广场上人声鼎沸，孩子们的喧闹更是此起彼伏，一派热闹欢快的场面。

"来呀，汉纳斯，上我这儿来！来喝上一杯！"

"谢谢啦，我已经喝得肚子疼了。"

"你一百斤花了多少钱？"

"四个马克，还是好东西呐，过来尝尝吧。"

偶尔也会发生点小意外，比如袋子破了，苹果滚得满地都是。

"上帝啊，我的苹果！大家快来帮帮忙！"

所有人帮着捡苹果，只有几个捣蛋鬼想乘机占便宜。

"你们这些混蛋，不许往兜里揣，想吃多少就吃多少，但不许拿走，等等，古特德尔，你个笨蛋！"

"嘿，我的好邻居，别自以为是！还是尝尝我的吧！"

"这简直就是蜂蜜！蜜一样甜！你做了多少？"

"就这两桶，但味道不错。"

"好在不是在大热天榨汁，否则我自己就都喝光啦！"

今年，几个喜欢叹古经的老汉也来了，他们可是不能少的。虽然他们已经多年不榨汁了，但对这门手艺了如指掌，总在说公元某某年，那一年的苹果是老天爷赐给人间的美味；那时候东西又好又便宜，根本没人琢磨着掺糖……那时候树上结的果子就是不一样。

"那才叫真正的收成啊。我有一棵树，自己就结了五百斤哪！"

尽管年代不如从前了，爱诉苦的老人们还是愿意帮忙品尝。有牙的啃着苹果，一个老人甚至一下子塞进肚里好几个大腿梨[1]，吃得肚子都疼了。

"我说过的呀，"他唠叨着，"以前我一次能吃十个这样的梨。"他叹息着，怀念着从前吃十个梨都不会肚子痛的年月。

弗拉伊格先生的压榨机在一大堆拥挤的人群中，年

1　因梨的形状像女人大腿而得名。

长的学徒在帮忙。他的苹果都产自巴登州，他的果汁也总是最好的。他心下欢喜，也不拦住想要过来"尝一下"的人。他的孩子们更高兴，在人群里快活地穿来穿去。但最开心的还是一声不响的学徒，他来自山区穷苦的农民家庭，能够在户外活动活动，干干活，身上每一根骨头都感觉舒畅，甜甜的果汁也令人心旷神怡。农家男孩健康的脸上绽放出萨蒂尔[1]般的笑容，那双鞋匠的手也比以往的星期日洗得更干净。

汉斯·吉本拉特来到广场，一声不吭，显得有些害羞。他原本想回去，可是刚走到第一家，就有人递上一杯果汁，是纳绍尔特家的丽兹。他尝了尝果汁，咽下时那甜蜜浓郁的味道让他想起以前的秋天，那些开怀大笑的日子。他脑子里再次涌起和大家一起干点趣事的想法。熟人和他打着招呼，有人递给他杯子，到了弗拉伊格的压榨场地时，大家的欢乐情绪和美味的果汁已经将他俘虏，把他变成了另外一个人。他活泼地和鞋匠打了个招呼，开了几句应景的玩笑。鞋匠抑制着自己的惊讶，高兴地欢迎他。

半个小时后，一个穿蓝色短裙的姑娘走过来，朝弗拉

---

1 希腊神话中好色的山神。

伊格和徒弟笑笑，开始帮忙干活。

"汉斯，"鞋匠说，"这是我海尔布隆来的侄女，她更习惯采摘葡萄，她的家乡就盛产葡萄。"

姑娘大概十八九岁，和大多数平原人一样活泼、有趣，她个头不高，身材丰满姣好，聪明的圆脸上嵌着一双热情的深色眼睛和两片漂亮的、似乎邀人亲吻的嘴唇。总之，她一看就是个健康活泼的海尔布隆人，一点不像虔诚的鞋匠的亲戚。她根本就是个热爱世俗生活的人，她的那双眼睛可不像是喜欢在夜晚读《圣经》或戈斯纳民间故事的。

汉斯突然很焦虑，热切地希望这位叫爱玛的姑娘快点走开。但她偏偏待在那儿，喋喋不休地说着，得体地应付着每句俏皮话。汉斯很害羞，沉默不语。和用"您"称呼的年轻女孩交往，他本来就不灵光，而她又如此活泼健谈，毫不顾忌汉斯和他的害羞心理。汉斯手足无措，甚至有点受辱的感觉，像路边怕被碾在车轮下的蜗牛一样把触角都藏起来。他一声不吭，装作百无聊赖的样子，却不是那么回事，表情看着像是家里刚死了人。

没人有闲工夫去理会这些，爱玛更是如此。这期间汉斯了解到，她两周前来到弗拉伊格家，现在小城里的人她几乎都认识了。她在各家跑来跑去，品尝他们的果汁，开个玩笑，自己放声大笑一会儿，然后跑回来，好像一直在认真干活似的。一会儿她又去抱抱小孩子，给他们苹果吃，把笑声和欢乐传给周围所有的人。她对街上的每个孩子喊着："想要苹果吗？"然后举起一只漂亮的红苹果，藏在身后让对方猜："左手还是右手？"孩子们永远都猜不对，直到他们生起气来她才把苹果拿出来，结果还是个又小又青的。她对汉斯的事也有所耳闻，问他是否就是那个经常头痛的男孩。他还没来得及回答，她又转身和别人聊上了。

汉斯正打算悄悄溜回家，这时，弗拉伊格把压榨机的摇柄递给了他。

"汉斯，你再干会儿，爱玛会帮你的，我得去车间了。"

师傅走了，学徒和师母一起把果汁抬走，把汉斯和爱玛单独留在压榨机边上。汉斯咬着牙，发泄似的干起来。

他正奇怪这摇柄怎么这么沉，抬头间，爱玛爆发出一阵笑声。原来她为了好玩在那边压着摇柄呢。汉斯气呼呼地再摇，她又上去压。

汉斯一句话不说。他推着另一头有姑娘身体抵着的摇柄，忽然害羞起来，慢慢停下手里的活儿，心里涌起一阵甜蜜和恐惧。当姑娘朝他满不在乎地大笑，他忽然觉得她变了，变得更亲切也更陌生了。他也笑笑，笨拙地想表现得亲密些。

这时摇柄完全停了下来。

爱玛说："咱俩别这么卖力了，"说着把自己刚喝过的半杯果汁递过来。

这果汁让他感觉比先前的更浓更甜美。喝完后他渴望地看着空杯，奇怪自己的心怎么怦怦跳着，呼吸开始急促起来。

两人又干了一会儿活，可汉斯完全不知道自己在做什么。他想站得近些，能让姑娘的短裙碰到他，让她的手也能碰到他的手。每次碰到的时候，他的心会被一阵令人害怕的狂喜填满，舒适甜美的疲软感觉让他膝盖颤抖，头发晕，耳朵里嗡嗡响。

他站在那儿，和她一问一答，却不知自己都说了些什么。她笑他也笑，她干蠢事时，他就用手指吓唬她。两次从她手里接过杯子喝了个干净，脑子里同时掠过许多记忆：晚上和男人们站在门口的侍女，小说中的一些句子，海尔曼·海尔纳当年给他的吻，一大堆词语、故事，以及学生们关于"姑娘"或"有了心上人如何如何"的隐晦谈话。此刻，他像一匹爬坡的老马气喘吁吁。

一切都变了。各种声音、嬉笑怒骂都湮没在模糊不清的轰轰的喧闹声中，周围的人与喧闹化作五颜六色的欢笑的云，河流和古老的小桥像遥远的图画。

爱玛的外貌也发生了变化。他看到的不再是她的脸，而是她快乐的深色眼睛、鲜红的嘴唇和洁白的牙齿。她的身体似乎被分解了，每次只能看到一部分，一会儿是低帮鞋和黑袜子、搭在脖颈上的一缕鬈发，一会儿是消失在蓝色头巾里、被晒成棕色的圆润的脖子，一会儿又是紧致的肩膀、随呼吸上下起伏的胸脯，或是被阳光照得通红透明的耳朵。

这时，她把杯子掉进了双耳桶。她弯腰去捡时，膝盖在桶边碰到了他的手腕。他也俯下身，但动作更慢，脸几乎碰到她的头发。头发散发出淡淡的香味儿，在松散、杂乱的鬈发遮盖下，漂亮的脖颈发出温暖的棕色光泽，透过蓝色紧身衣绷紧的钩子，能从衣服的缝隙中看到一小截脖子。

她站起身，膝盖顺着他的手臂滑动，头发轻拂他的脸颊。她的脸因为低头而涨得通红，汉斯浑身上下掠过一阵强烈的颤栗。他脸色苍白，一瞬间感到非常非常的疲倦，赶紧去抓住压榨机的摇柄。他的心上下跳着，手臂无力，肩膀疼痛。

此后，他几乎一句话没说，也尽量不去看姑娘的眼睛。当姑娘望向别处时，他才盯着她看，带着一种从未经验过的欲望和不安。这一个小时里，他内心有什么东西被撕裂了，一个陌生而诱人的新世界将其遥远的蓝色海滩展现在他的灵魂面前。他还不明了，只能模糊地意识到，这忧伤和甜蜜的折磨对他意味着什么，也不知道在自己的内心，痛苦和快乐哪个更多。

快乐意味着年轻的生命力的胜利，痛苦是因为清晨的和谐宁静被打破，他的心从此离开童年时代，一去不回。他这一叶扁舟，刚刚避免了一次沉船，又遇到新的暴风雨的袭击，它将他带到浅滩危岩。青春没有指引，只能依靠一己的力量寻找方向和出路。

还好，这时学徒回来接汉斯的活儿。汉斯待了一会儿，期待着爱玛的触碰或一句友好的话语，可她正忙着和别的榨汁的人说话。汉斯在学徒跟前感到不自在，于是连再见都没说就跑回了家。

一切都大不相同，变得美好而令人激动。被果渣喂肥的麻雀叽叽喳喳飞向高处。天空从未如此高远、美丽，令人神往地湛蓝，河水从未如此清澈、碧绿，像一面欢笑的镜子，堤坝那儿的水从未如此咆哮过，泡沫也从没有白得这么耀眼。一切都像装在玻璃镜框里的新鲜装饰画，一切都像在期待一场盛大节日的来临。汉斯的内心澎湃着令人透不过气的、既害怕又甜蜜的波涛，那是大胆奇异的感情和不同寻常的强烈愿望，是夹杂着一丝羞怯的害怕，害怕这一切只是个梦，永远不会成真。这矛盾的感觉渐渐强化，变成一种折磨，好像一股强大的力量在他体内迸发、膨胀：是号啕，是歌唱，是大喊大叫或大笑。直到回家后才稍稍平静下来。家里一切照旧。

"你去哪儿了？"吉本拉特先生问道。

"磨坊边儿上弗拉伊格那儿。"

"他榨了多少果汁？"

"有两桶吧。"

既然父亲说到榨汁的事，他提出希望邀请弗拉伊格的孩子们来。

"那当然，"爸爸咕哝道，"我下周榨汁，你把他们都叫来吧。"

离吃晚饭还有一个小时，汉斯来到花园里散步。除了两棵冷杉，花园中的绿色几乎消失殆尽。他折下一根榛树条，在空中挥舞着，把凋零的落叶抽得上下翻飞。太阳已经躲到山后，山上的冷杉树梢像发丝一般细密，在湿润清晰的傍晚，碧蓝的天空被山的黑色轮廓划破。一长条灰色的云被照成黄褐色，像一只返航的船，穿过稀薄的金色空气向谷底飞去。

汉斯在花园里漫步，绚丽多彩的美丽夜晚以一种奇异而陌生的方式将他吸引。他偶尔停下脚步，闭上眼睛，试着回想爱玛在压榨机旁与他相对而立的情景，让他用她喝过的杯子喝果汁，弯腰去桶里找东西，脸色红扑扑地起身。他能看到她的头发、裹在贴身蓝裙里的身体以及被细细的深棕色头发遮盖的脖子，这一切让他充满欲念，浑身颤栗。只是她的脸无论如何也想不起来了。

夕阳西下，他没有感到丝毫凉意，只觉得临近的黄昏像一层无法名状的神秘面纱。他明白自己爱上了这个海尔布隆女孩，但他血液里苏醒的男性力量只能模糊地感到一种不寻常的、诱人的、令人疲倦的状态。

晚饭时他有一种奇怪的感觉。还是坐在熟悉的环境里，但因为心情变了，父亲、老女仆、桌子和所有东西以至整个房间都变老变旧了。他用惊异、陌生和柔情的目光注视这一切，仿佛刚从遥远的他乡回来。在他缠绵于那根他要赴死的树枝时，曾悲凉地设想过与这一切告别。如今，还是同样的人与物，感觉却是回归，是惊讶、微笑和重新拥有。

吃完饭，汉斯正要起身，父亲直截了当地问："汉斯，你愿意当机师还是文书？"

"为什么？"汉斯诧异地回答。

"你下周末可以去舒勒技师那儿学手艺，或是下下周去市政厅当学徒。你好好考虑一下，我们明天再谈。"

汉斯起身走了出去。这突如其来的问题让他困惑迷乱。不经意间，现实世界生机勃勃的日常生活又展现在他面前，几个星期以来，这种生活他已经很陌生了。它们既是诱惑又是一种逼迫，许诺的同时也有所诉求。技师也好，文书也好，他都没什么兴趣。做工匠，体力上的劳动强度让他有些害怕。倒是可以去问问小学同学奥古斯特，他现在就是技工。

有关这些问题的想法模糊而苍白，这些事不急，也不是很重要。他心里想着别的。他在走廊里不安地走来走去，突然拿起帽子，离开家，慢慢走出街巷。他今天一定要再见见爱玛。

天色已经暗下来，附近一家餐厅传出阵阵喧闹和沙哑的歌声。几扇窗亮着，灯火这里一盏那里一盏点起来，在暗夜中闪着微弱的红光。一排女孩手挽着手，一边闲逛一边大声说笑着，朝小街深处走去，让身影在摇曳的灯光中摆动，像青春与欢快的热浪穿过睡眼惺忪的街道。汉斯久久地望着她们，心儿激动得快跳到嗓子眼儿了。一扇飘着纱帘的窗后传出小提琴声，一个女人在井边洗生菜，桥上有两个小伙子分别带着姑娘在散步，一个轻轻握着姑娘的手，一边晃着胳膊走路一边抽雪茄，另外一对则紧紧搂在一起，走得很慢，男孩的手摸着姑娘的臀部，女孩则把肩膀和头靠在男友胸上。这情景汉斯已经看过上百遍，却从来没有留意，现在，这样的场面充满了一种神秘的、模糊性感的甜蜜含义。他的目光在这些人身上停留，想象着其中更深的意味。压抑和内心深处被激起的欲望让他感觉自己接近了一个重大秘密，他在颤栗中体验着快乐和恐惧。

　　他在弗拉伊格屋前停下，却没有勇气走进去。进去该说些什么，做些什么呢？他想起自己十一二岁时经常上这儿来，弗拉伊格给他讲《圣经》故事，解答他有关地狱、鬼神之类的问题。想到这些他感到有些尴尬和不安，不知道自己来干什么，甚至不知道自己到底想要什么，又隐约觉得自己面临的是某种神秘和禁忌。就这么在黑暗中站在鞋匠家门口不太妥当，如果鞋匠出来时看见他，恐怕不是斥责，而是会笑话他，这是他最害怕的。

他溜到房后，从花园的篱笆外能看见起居室还亮着灯。鞋匠不在，他老婆好像在做针线，老大还没睡，在桌边读书，爱玛来回走着，看样子在收拾东西，他只能间或看到她一下。

四周一片寂静，巷子远处的每一阵脚步声，以及花园对面潺潺的水声，都能听得清清楚楚。天越发黑了，气温在急剧下降。

挨着客厅的走廊有扇小窗户一直黑着。过了一会儿，汉斯发现有个模糊的人影靠在窗边，探出头，在黑暗中张望。那正是爱玛！他的心因为期待似乎停止了跳动。她站在窗边，一动不动，就那么长久地、平静地望着，他不知道她是否看见了自己，或者是否认出了他。他一动不动，定定地向上望着，既希望又担心她认出自己。

这时，模糊的影子从窗口消失了，花园小门的把手随即被按开，爱玛走出来。汉斯吓了一跳，想跑开，身体却无法离开栅栏。看着姑娘穿过黑暗的花园，慢慢朝自己走来，她每走一步都让他想逃掉，可是一股更强大的力量让他留在原地。

现在爱玛就在眼前，离他半步远，两人之间只隔着矮小的篱笆。她古怪而专注地看着他，很久没说一句话。然后她轻声问：

"你来干什么？"

"没什么。"他说，她用"你"称呼他，好像一阵抚摸拂过他的皮肤。

她把手伸过篱笆，他害羞地接住并温柔地按了按，她并没有缩回去。于是汉斯鼓起勇气小心地细细抚着姑娘温暖的手，看她听任自己这么做，就又把她的手贴在自己颊上。一阵透入骨髓的欲望、奇异的温暖和幸福的疲惫感流遍全身，周围的空气似乎又湿又热，他的眼中不再有街巷和花园，只有近在咫尺的清晰脸庞和纷乱的深色头发。

女孩轻声问，仿佛深夜从遥远处传来的回声：

"你想吻我吗？"

她明亮的脸庞离他更近了，身体把篱笆压得向外弯，散发着淡淡香味的松散发辫拂过汉斯的额头；她把宽阔洁白的眼睑和深色睫毛覆盖下的双眼紧闭着贴着汉斯的眼睛。当他畏怯的嘴唇碰到女孩的唇时，一阵强烈的颤栗掠过他的身体。他颤抖着想要缩回去，女孩却抱着他的头，脸压在他脸上，不让他的唇离开。他感觉到她的嘴唇在燃烧，压着自己贪婪地吮吸着，仿佛要把他吸干似的。他全身软绵绵的。她的嘴唇还没有离开，他颤抖的欲望已转化为极度的疲惫和痛苦。爱玛把他松开后，他摇摇晃晃，手指拼命抓住篱笆。

"哎，你明晚再来。"爱玛说完，赶紧跑回家。她只离开了五分钟，汉斯感觉已经过了很久。他呆呆地望着她，手依旧抓着栅栏，双腿疲倦得抬不起来。他恍惚间听到血液从心脏流出，像起伏不定的痛苦的波涛撞击大脑，又流回心脏，让他喘不过气来。

他看见屋门被打开，鞋匠走出屋子，他大概要去车间。汉斯怕被看到，赶紧跑开。他像个醉汉一般勉强向前走，走得很慢，脚步跌跌撞撞，每走一步都感到膝盖要瘫软下去。黑暗的街道以及昏昏欲睡的山墙和暗红的窗户，连同小桥、流水和庭院，像苍白的布景从他身旁一一闪过，皮匠街的井水发出响亮的拍击声。汉斯梦游一般打开一扇大门，经过漆黑的过道，爬上楼梯，打开一扇又一扇房门，再把它们关上。他在一张桌旁坐了好久，才明白是到家了，就在自己的小屋里。过了一会儿，才想起脱衣服，心不在焉地坐在窗边，直到秋夜的凉意袭来，才赶紧钻进被窝。

他以为自己很快能睡着。可刚躺下一会儿，身体就开始发热，心跳加剧，血液奔突。他闭上眼睛，仿佛女孩的唇还在自己嘴上，试图将他的灵魂吸走，用灼人的热辣将他整个充满。

他很晚才睡着，被一个又一个梦魇追逐着：他站在可怕的黑暗中摸索着爱玛的手臂。她抱着他，两人一起慢慢沉入暖流深处。这时，鞋匠忽然冒出来，问他怎么不愿意来他家了。这时汉斯笑起来，发现那人不是鞋匠弗拉伊格，而是海尔曼·海尔纳，和他并肩坐在毛尔布隆小礼拜堂的窗边说笑着。这情景也一下子消失了。然后他又站在榨汁机边上，爱玛抵着把手，他拼命地压。她俯下身吻他，周围寂静无声，漆黑一片，他朝着温暖黑暗的深渊掉下去，感到一阵眩晕，同时听到校长在讲话，但不知道是否在说自己。

之后，他一直沉沉地睡到天亮。阳光明媚，他在花园里来回走了很久，想让自己清醒过来，却总是迷迷糊糊。他望着紫菀——花园里最后的彩色花朵——在阳光下美丽而快乐地绽放，仿佛还是八月天。和煦的阳光温柔地环绕着干枯的枝条与藤蔓，似乎在取悦它们，仿佛还是初春时节。他看着这一切，内心感到的却是疏离，这一切和他没什么关系。突然，一段清晰而深刻的记忆跳了出来。那是三年前9月的一天，色当节[1]前一天，他的小兔子在花园里活蹦乱跳，水车还在转动，锤子也在敲打着。奥古斯特来找他，还带来了常春藤。两人把旗杆刷洗得锃光瓦亮，将常春藤固定在旗杆金色的顶尖上。他们谈论着第二天，期待着节日的到来。除此之外并没发生什么事，他们只是沉浸在对节日的感受和期盼中。旗帜在阳光下闪耀，安娜烤了李子蛋糕，晚上在高高的岩石上放起节日的焰火。

汉斯不知道自己为什么偏偏想起那个日子，不知道这记忆为何如此深刻而美好，同时又让他感到如此痛苦和忧伤。他不明白，这是他充满欢乐的童年和少年岁月的再现，在以回忆的形式向他告别，留下曾经经历的、永不再来的幸福之刺。他只觉得，这些记忆与想念爱玛及昨晚的事无法统一，内心有一种和当年的幸福完全不同的东西苏醒了。他以为又一次看到了金色旗帜的一角，又听到了朋友奥古斯特的笑声，又闻到了新出炉的蛋糕的香味，这一

1　在9月2日，第一次世界大战结束前德意志帝国的节日，是为庆祝1870年德法战争的胜利。

切令人如此开心、兴奋，又离他如此遥远，如此陌生。他倚在高大的红杉粗糙的树干上，无助地抽泣起来。只有哭泣能让他感到些许安慰和解脱。

中午，他去找奥古斯特。他已经是一等学徒了，长得人高马大。汉斯把自己的想法跟他说了。

"这还真是个事，"奥古斯特做出一副经验老到的样子说，"看你这文弱书生的样子，这还真是个事。第一年要在铁匠那儿抡大锤，铁锤可不比舀饭勺。然后还得搬铸件，晚上还要打扫。用锉刀也需要体力，一开始只给你一把旧锉刀，很不好用，滑得像猴屁股。"

汉斯马上就泄了气。

"看来，我最好别干这个？"他犹犹豫豫地问。

"哎哟，我也没那么说，别就这么当缩头乌龟呀！我只是说一开始不会那么简单的。不过呢，当机工也不错，你知道的，脑子也得灵光，否则只能干干铁匠。来，你过来一下。"

他拿来几个做工精细、闪闪发光的小零件给汉斯看。

"喏，这几个零件不能有半毫米误差，都是手工做的，包括螺丝钉，干活时可得看仔细了！这些还得抛光和淬火后才算完活儿。"

"嗯，真的很棒，要是我……"

奥古斯特笑起来。

"你害怕了？是啊，当学徒要先吃苦，这是没办法的。但毕竟有我啊，我可以帮你。你如果下周五开工，我正好学徒满两年，星期六可以拿到我第一周的工资，星期天可要好好庆祝一下，有啤酒、蛋糕，所有人都来，你也要来，到时候你就知道我们这儿是怎么回事了。是啊，咱们本来就是好朋友嘛。"

吃饭时，汉斯告诉爸爸他愿意做机工，问是否下周就可以开始。

"好啊。"父亲说，下午就带着汉斯到舒勒的车间报了名。

傍晚，汉斯把这些都忘得一干二净，只想着爱玛晚上在等他。他呼吸开始急促起来，一会儿觉着时间过得快，一会儿又觉得太慢，约会把他搞得像逆流而上的船夫一样晕头转向。他没心思吃饭，只匆匆喝了杯奶就出发了。

一切还和昨天一样，黑暗中昏昏欲睡的街道，死寂的窗户，路灯昏黄的光线，以及悠然闲逛的恋人们。

来到鞋匠的花园篱笆边，汉斯觉得很害怕，任何一点动静都会把他吓得缩成一团，感觉自己像个偷听的贼。

等了没一分钟，爱玛已经站在他面前。她双手摸摸他的头发，把门打开。他小心翼翼走进花园，在爱玛的带领下，轻手轻脚地穿过灌木横生的小路，从后门走进黑暗的门廊。

他们并肩坐在地下室最上一级台阶上，好长时间才在黑暗中勉强看清彼此的脸。姑娘心情很好，在他耳边不停说着悄悄话。她已经尝过接吻的滋味，有点恋爱经验，面前这个羞涩温柔的男孩对她来说正合适。她捧起他消瘦的脸，吻他的额头、眼睛和两颊。吻到他的嘴唇时，长久的吮吸又让男孩感到眩晕，让他无力地靠在她身上。她轻轻笑笑，揪揪他的耳朵。

她不停地说呀说，他支着耳朵却不知道自己听见了什么。她抚摸他的手臂，他的头发，他的脖子，他的手，脸贴着他的脸，头靠着他的肩膀。他默不作声，听任她摆布，内心充满了甜蜜的恐惧和幸福的忧虑，不时像发烧的病人一样轻轻抽搐一下。

"你可真是个大宝贝，"她笑道，"什么都不敢。"

她拉起他的手，让它抚过自己的脖颈和头发，来到胸部，压在乳房上。他能感觉到乳房柔软的形状和甜美陌生的起伏。他闭起眼睛，让自己落入无底的深渊。

"别，别这样！"当她再一次要亲他时，他拒绝道。她笑了。

她把他拉到跟前，紧挨着自己，用胳膊搂着他，让他除了感觉到她的身体之外感觉不到其他的一切，以致他一句话也说不出来。

"你也爱我吗？"她问。

他想说是的，可此刻他只能点头，只好不断地点头。

她再一次拿起他的手，玩笑似的放到她紧身胸衣下。他热切而近距离地感到那陌生身体的脉搏和呼吸，吓得心跳几乎停止，呼吸沉重，感觉自己要死了。

他把手抽回来，喘着气说："我该回家了。"

他站起身，感觉天旋地转，差点从台阶上摔下去。

"你怎么了？"爱玛惊讶地问。

"不知道，我就是觉得好累。"

在走回花园篱笆的路上，爱玛一直扶着他，紧靠着他，他一点没感觉到，也没听到她道晚安、在他身后关上门。他穿过小巷回家，却不知道是怎么回来的，仿佛被一阵大风暴裹挟着，或是一股洪水将他摇摇晃晃带回来的。

此前他环顾左右已经退色的房子、屋顶上方的山脊和杉树树梢，望着漆黑的夜和明亮宁静的星星，感觉到风的吹拂，听到河水撞击桥墩的声音，他又瞧见水面中倒映着的花园、退色的房屋、漆黑的夜空、路灯和星星。

来到桥上，他需要坐一会儿，感觉自己好累好累，好像一个人回不去家了。他坐在桥栏上，倾听河水冲刷着桥墩，在堤坝上轰鸣，在磨坊的格栅处咆哮。他手指冰凉，血液堵在胸口和嗓子眼，一会儿汹涌而过，模糊了他的双眼，一会儿又突然涌向心脏，把他搞得晕头转向。

回到家，摸进自己的小屋，一躺下就睡着了。在梦中，他从一个深渊掉到另一个深渊。午夜醒来，在痛苦和疲惫中半梦半醒，一直捱到天亮。内心充满渴望，被无名的力量抛来抛去，直到破晓时分，他全部的苦痛和困顿化作长久的哭泣。在泪水打湿的枕头上，他又睡着了。

第七章

吉本拉特先生摆出阵势、叮叮哐哐地在压榨机上忙活着。汉斯在帮忙，鞋匠的两个孩子受邀来侍弄水果，两人共用一只杯子品尝果汁，一人手里拿一大块黑面包。爱玛没来。

父亲提着桶离开半小时后，汉斯才敢问起爱玛。

"爱玛呢？她不想来吗？"

两个男孩好久才把嘴腾出来说话。

"她走了。"他们一边说一边点头。

"走了？去哪儿了？"

"回家了。"

"离开了？坐火车走的？"

孩子们使劲点头。

"什么时候？"

"今天早上。"

男孩伸手去拿苹果。汉斯心神不定地压着机器，对着大桶发呆，半天才回过神来。

父亲回来了。大家有说有笑地干活，后来孩子们道谢后离开了。天色已晚，汉斯和父亲也收拾了回家。

晚饭后，汉斯独自坐在小屋里。十点，十一点，一直没开灯。然后沉沉地睡去，睡了很久。

第二天，他起得比平日晚。先是模模糊糊觉得不幸和怅惘，直到爱玛浮上心头。她走了，没有问候，没有告别。最后一晚在一起时，她已经知道什么时候离开了。他回想她的笑声，她的吻，还有她谨慎的投入。看来她没把自己当回事。

刚刚被唤醒的爱未能得到满足，在气愤与痛苦中转为忧伤和苦闷，驱赶着他离开家，走进花园，走到大街上、森林里，又走回家。

他就这样体验了一点点爱情的奥秘，或许还太早，而且甜少苦多。白天在没有结果的哀怨、如饥似渴的回忆和无以慰藉的冥思苦想中度过。夜晚，心跳和压抑让他无法入眠，睡着后又陷入可怕的梦境。在梦里，无法名状的血液的沸腾变成寓言中恐怖的画面：死亡缠绕的手臂、眼睛冒火的怪兽、令人眩晕的深渊或燃烧的巨大的眼睛。梦醒后，发现自己孤单一人，在冰冷的秋夜痛苦地思念自己的姑娘，呻吟着把脸埋在被泪水浸湿的枕头上。

星期五就要到了，这是约好去机工车间的日子。此前父亲给他买了身蓝色麻料西装和一顶蓝色混纺帽子。试穿时，他觉得自己这身技工制服很滑稽。试穿的一路上经过学校，路过校长和数学老师家，经过弗拉伊格的店铺以及牧师家，他感到很难过，曾经付出的辛苦、勤奋和汗水，被牺牲的众多乐趣，当年的骄傲与雄心、希望与梦想，都是惘然，难道这一切只是为了现在，为了晚于所有同学，被大家耻笑着，去车间当一个最小的学徒？！

海尔纳知道了会怎么说？

他用了很长时间去适应那身蓝工作服，开始对即将来临的第一次上班感到一点点高兴，至少他能经历些什么了！

但这个念头只是乌云之下转瞬即逝的闪电。他忘不了姑娘的离去，过去几天体验到的激情更是让他无法释怀。他内心呐喊着要得到更多，被唤醒的渴望需要得到平复。时间就在这郁闷与痛苦中慢慢前行。

今年的秋天比往年更美：和煦的阳光，银白的清晨，色彩斑斓的中午，清朗的傍晚。远处山峦现出天鹅绒般的深蓝，栗树闪着金黄的光，墙上和篱笆上，紫红的葡萄藤垂落下来。

上班前汉斯心神不定地逃避着一切。白天，他在城里、在田野上漫步，躲开人群，生怕别人看出他在为失恋痛苦。晚上，去那条小街看每个当班的女孩，心虚地跟在一对对恋人后面。爱玛把生命中值得追求、充满魔力的东西带进了他的生活，这一切又阴险地随她而去。他不再想他们一起时感到的痛苦和压抑，如果能重来，他不会再害羞了，他要撕掉她身上所有的神秘，全身心地进入那爱的花园禁地。而此刻，它的大门已经对他紧闭，他所有的幻想在湿热危险的灌木丛里纠缠，沮丧地打转。他固执地折磨自己，不想知道这狭隘的魔圈之外，是光明美好的广阔天地。

焦虑中等待的星期五终于到了，他还是挺高兴的。一大清早，他穿上蓝工作服，戴上帽子，有些胆怯地经过皮匠街，向舒勒家走去。几个熟人好奇地打量他，其中一个问道："怎么？当钳工了？"

车间里已经干得热火朝天了。师傅正在打铁。烧红的铁块放在砧铁上，一个伙计抡着沉重的大锤；师傅干细活，把锻件敲打出形状。他控制着钳子，不时用轻便锻锤在砧铁上敲出节奏，清脆响亮的打铁声通过敞开的大门传入外面的清晨里。

一座长长的、被机油和铁屑染黑的工作台边，站着年长的伙计，旁边是奥古斯特。两人在各自的钳台上忙活。屋顶的皮带快速旋转，发出嗡嗡声，带动着车床、砂轮、风箱和钻床。这儿使用水力工作。

奥古斯特对进来的老同学点点头，示意他在门边等着，师傅有空就会过来。

汉斯腼腆地环顾着锻炉、停下来的车床、嗡嗡作响的皮带和空转的车轮。

师傅忙完了手上的活，朝汉斯走过来，伸出他坚硬而温暖的大手。

"把帽子挂那儿。"他指指墙上空着的挂钩说。

"好了，过来吧，这是你的工位和钳台。"

他把汉斯带到最后一座工作台边，着重讲解了如何使用钳台、整理工作台和所有工具。

"你父亲跟我说了，你不是大力士，这一看便知。开始先不用打铁，等你长点力气再说。"

他探身到工作台下拿出一个铸铁的小齿轮。

"喏，就从它开始吧。这个齿轮刚铸出来，还很粗糙，到处是疙瘩和毛刺，需要锉掉，否则会损坏精密的工具。"

他把齿轮固定在台钳上，拿起一把旧锉，示范给他看。

"就这么接着干，不要动别的锉，中午前够你干一阵的，干完后拿给我看看。干活时别胡思乱想，只记住我刚才对你说的话。学徒不需要思想。"

汉斯动手干起来。

"等等，"师傅叫道，"不对，左手要这样放在锉刀上，你不是左撇子吧？"

"不是。"

"那就好，这样就可以。"

他走向自己的工作台，是门边第一座。汉斯注意看他怎么做好自己手中的活儿。

刚锉了几下，他觉得好生奇怪，齿轮似乎很软，很容易锉。后来才发现，这只是外面的一层铸造脆皮，已经松动了，下面才是需要锉平的粗铁。他集中精神干起来。除了小时候做过些小手工，他还没有体验过亲手做出有用的东西的快乐。

"慢点，"师傅朝他喊道，"锉的时候要有节奏：一二、一二，要压住，否则锉刀会坏掉。"

年长的伙计正在车床上干活，汉斯忍不住斜眼瞄他。一根钢销被绷在圆盘上，皮带转动时钢销闪着光嗡嗡地叫，迅速地转动。大伙计把一根细如发丝的亮晶晶的铁屑取下来。

到处是工具、铁块、钢件和铜件，有半成品、光洁的齿轮、刀具、钻头、各式各样的车刀和锥子。锻炉边挂着铁锤、平底锤、砧铁垫、钳子、烙铁，沿墙根是一排排锉子和铣刀，架子上散乱地放着油抹布、小笤帚、金刚锉、钢锯、油瓶、酸液瓶、钉子和螺丝盒子。

砂轮随时随地都会用到。

汉斯很满意自己的双手已经脏污，盼着工装也能快点变旧。在众多又黑又旧、修补过的工装中，他崭新的蓝衣服显得很可笑。

上午，不时有人来车间办事。附近机织厂的工人来打磨或修补零件，一个农民进来打听他放在这儿修理的手摇洗衣滚筒修好了没有。听说还没好，就破口大骂起来。之后来了个穿着讲究的工厂主，和师傅到隔壁房间谈生意去了。

在此期间，工人、齿轮和皮带一直在有规律地运转。汉斯有生以来第一次体验到劳动的乐趣，至少对初入行的人来说，能看到自己小小的生命融入伟大的节奏，也会感动和陶醉。

到了九点，大家可以休息一刻钟，每人发了面包和一杯果汁。奥古斯特终于能抽出空和老同学打个招呼了。他先是给汉斯鼓劲儿，然后又热心地谈起星期天和同事庆祝领头薪的事。汉斯问自己锉的是个什么齿轮，原来是个塔楼上的大钟用的。奥古斯特正要讲解它的运转和工作原理，大伙计已经开始干活了，大家也赶紧各就各位。

十点到十一点之间，汉斯开始感到疲倦，膝盖和右臂有点疼。他一只脚踩着另外一只脚，偷偷伸展一下四肢，但不管用。于是他把锉刀松开，靠在工作台上休息一会儿。没人注意他，皮带的吟唱让他有些昏昏欲睡，他闭了会儿眼睛。这时，师傅来到他身后。

"怎么样，累了吧？"

"是的，有点。"汉斯承认。

徒工们笑起来。

"这很正常。"师傅安慰他。"看看怎么焊接，跟我来！"

汉斯好奇地看着别人焊接。先把烙铁烧热，然后用焊液涂抹焊接部位，滚烫的烙铁滴下白色的金属液体，发出轻微的咝咝响声。

"拿布把这东西好好擦抹干净,焊液有腐蚀性,不能沾在金属上。"

搞好后,汉斯又站在自己的台前,继续锉他的小齿轮。手臂很痛,压锉刀的左手也开始红肿、疼痛。

中午,当领班放下锉刀去洗手时,汉斯把自己的活儿拿给师傅看。师傅只是匆匆瞥了一眼。

"可以,就这样吧。你座位下的箱子里还有个同样的齿轮,下午就干那个。"

汉斯也去洗手,他可以离开车间,有一小时的吃饭时间。

外面有两个店员学徒是他以前的同学,他们在大街上跟在他身后取笑他。

"好个参加过州立大考的钳工哎!"一个人喊道。

汉斯加快了脚步。他不知道自己是否满意,车间他还是蛮喜欢的,只是太累了,精疲力竭。

到了家门口,盼望着能赶快坐下来吃饭。这时又忽然想起了爱玛,一上午竟然把她彻底忘了。他悄悄上楼来到自己的房间,倒在床上痛苦地呻吟起来。他想哭,可眼眶是干的,无奈地发现自己陷入了耗人的思念中。他头晕脑涨，嗓子也因为憋闷的抽泣疼了起来。

午饭很让人难受。他不得不回答父亲提的各种问题，告诉他上午上班的情况，假装欣赏他讲的各种小笑话，父亲今天心情不错。汉斯几乎没吃东西，来到花园，在太阳下迷糊了一刻钟，就到了该回车间的时候了。

他两只手上午就已经起了皮，现在疼得非常厉害，晚上肿得什么都拿不了。下班前，他还得和奥古斯特一起打扫车间。

星期六的情形更糟。手火辣辣地疼，磨皮的地方出了水泡。师傅心情不好，因为一点点小事就骂人。奥古斯特安慰他，水泡过几天就会好，手硬了就不再觉得疼了。可汉斯还是十分沮丧，一整天都在看表，绝望地在他的齿轮上来回锉着。

晚上打扫卫生时，奥古斯特悄悄告诉他，第二天要和几个同事去比拉赫玩个痛快，汉斯可不能缺席，他两点钟去接他。汉斯答应了。其实他星期天更想一个人待在家里，他实在太难受、太累了。回到家，老安娜给他抹了些治手伤的药膏。他八点上床，一直睡到第二天上午较晚时才匆忙起床，和父亲一起去教堂。

中午他提起和奥古斯特一起出去的事。父亲倒没反对，还给了他五十芬尼，让他晚饭时一定到家。

天气晴好，汉斯在街上踱步。几个月来他第一次又开始喜欢星期天。两手脏污、四肢疲乏地干了几天的活之后，就会觉得星期天的街道充满了节日气氛，阳光更加明媚，一切都更喜庆、更美丽。他现在能够理解，为什么那些肉铺老板、鞣皮匠、面包师和打铁师傅，都坐在自家门前的板凳上，晒着太阳，显得如此兴高采烈。他们在他眼里不再是平庸之辈。他看着工人、伙计和学徒成群结队走在大街上，或是走在去酒馆的路上，歪戴帽子，衣领雪白，礼拜服刷洗得干干净净。虽说并不总是如此，但工匠们一般还是喜欢在行业内来往，木匠、泥瓦匠各有各的圈子，彼此维护。手工业者中，五金工的地位最高，其中机工又是人上人。这些说法听上去有点乡下味道，有些幼稚可笑，却隐藏着手工业的美和骄傲，至今仍能体现手工业者的快乐与勤勉，即便最可怜的裁缝学徒也能沾点光彩。

年轻的机工们站在舒勒家门前，怡然自得，一边交谈，一边向路过的人频频点头。看得出他们很抱团儿，不需要外人，星期天消遣的时候也一样。

汉斯也感受到这一点，并为自己能属于这个团体而感到高兴，只是对今天这个星期天的活动安排有点担心，机工在享乐方面的豪放风格和丰富多彩他也有所耳闻。说不定还要去跳舞，这他可不会。不过他打定了主意，这次要扮演一个大男人的角色，必要的话酒醉难受也认了。他不习惯过量饮酒，至于吸烟方面，要费很大劲儿才能抽完一根雪茄并不致难受和出丑。

这时奥古斯特兴高采烈地招呼他。他说，虽然大伙计不愿来，但别的车间来了个同行，这样他们至少有四个人，足够把整个村子闹个天翻地覆了，今天啤酒管够，他请客。他递给汉斯一支雪茄，四个人就慢慢出发了。小伙子们怡然自得，漫步穿过小镇，到椴树广场时开始加快脚步，好能及时到达比拉赫。

河水镜面一般闪着蓝色、金色和白色的光。林荫道上，10月温和的阳光透过几乎掉光树叶的椴树和金合欢照下来。高高的天空碧蓝如洗，万里无云。这是个祥和、干净、美好的10月天，刚刚过去的一夏所有美好的事物，像无忧无虑微笑的记忆充满柔和的空气。孩子们忘了季节，以为还能采花，老人们坐在窗前或房前的长凳上，以沉思的目光望向天空。在他们看来，不只是过去的一年的记忆，仿佛他们一生的记忆都在空中飞舞可见，越过清朗的蓝天。年轻人心情愉快，因禀赋与性情的不同而以各自的方式赞美这美好的日子：或吃喝玩乐，或唱歌跳舞，或大摆酒宴，或大打出手。到处都在烘烤蛋糕，到处的地窖里都存放着苹果汁或刚刚发酵的葡萄酒，酒馆前和椴树广场上，提琴和口琴赞美着一年中最后几个好日子，邀大家来唱歌、跳舞、谈情说爱。

小伙子们快步走着。汉斯抽着雪茄，一副无忧无虑的样子，连他自己都吃惊竟然没觉得不舒服。有个伙计在讲他的漫游经历，没人打断他吹牛皮，因为这是顺理成章的事，即便最谦虚的伙计，在生活无忧、现场又没有见证人时，讲起学徒时期的漫游生活，都会带着一种洋洋自得、时髦漂亮、传奇般的口吻。年轻手工业者生活中的美妙诗意是全民共同的精神财富，个体经验浓缩成的传奇经过重新加工，让每个流浪行人讲述自己的故事时，都会带上不朽的厄轮斯皮格尔和施特劳宾格[1]的影子。

"当时么，我正在法兰克福。天哪，那可是个花花世界！我还从来没说过这事儿呢。有个阔佬儿，是个馋嘴猫，想娶我师傅的女儿，被她打发了，因为她更喜欢我，和我好了四个月。如果不是和老头子干了一仗，恐怕

---

1 厄轮斯皮格尔和施特劳宾格都是德国文学作品和戏剧中的人物，有许多稀奇古怪和滑稽的经历。

我早已经是他女婿了。"

他继续说道，师傅这个混蛋总欺负他，这个出卖灵魂的家伙，有一次竟要动起手来。他二话没说，晃了晃锻锤，拿眼瞪着他，老家伙便一声不吭地走开了。还是脑袋要紧嘛！后来连开除他都是用书面的，这个胆小鬼。他又讲起在奥芬堡的一场斗殴，包括他在内的三个钳工，把七个工人打得半死。到了奥芬堡只要去问问大个子绍尔施就知道了，他还在那儿，当时也在场。

讲故事的人用一种冷酷的调子，内心却饱含着极大的热情和满足感，听众也怀着极大的愉悦在倾听，琢磨着以后换个地方，也给其他同行讲讲这个故事。因为几乎所有钳工都搞过师傅的女儿，对坏师傅抡过大锤，曾经一次揍过七个工人。同样的故事有时发生在巴登，有时在黑森州，有时在瑞士，锤子可能换成锉刀或烧热的烙铁，挨揍的工人变成面包师傅或裁缝，但故事的内容千篇一律，大家却喜欢听了又听。这些故事古老而美好，给行业带来了荣誉，却并不意味着在这些年轻的流动工人中间，不会经常出现经历或发明方面（二者其实是一回事）的天才，到今天也是如此。

奥古斯特听得入迷，十分满足，不断笑着点头附和，仿佛自己已经是半个伙计了。他带着居高临下的表情，对着空气惬意地吐着漂亮的烟圈。讲故事的人继续扮演自己的角色，他要让别人明白，他待在这儿完全出于好心，他可是伙计，星期天本不该屈尊和学徒混在一块儿，帮他们喝掉辛苦挣来的那点小钱儿，他应该感到丢脸才是。

　　几个人在沿河公路上走了很久，来到一个岔路口，前面有一条坡度平缓的盘山公路，另外一条是陡峭的步行道，后者只有盘山公路的一半路程。最后他们选择了公路，虽然这样尘土较多，路也远。小路是给平时上下班和散步的先生用的，一般老百姓偏爱诗意没有完全消失的公路，尤其在星期天。陡峭的步行道适合农民或城里热爱自然的人，走它是一项劳动或运动，对其他人来说没什么意思。在公路上可以惬意地一边走一边聊天，省衣服省鞋，还能看见车马，碰上其他闲逛的人，遇见打扮得漂漂亮亮的姑娘和一群群唱着歌的小伙儿，等他们过去后嘲笑一番，或偷偷说个笑话。也可以站在路边随便聊聊，偶尔跟在姑娘们后面嬉皮笑脸，晚上和好友同事坐在路边，展示各自的特长，或者比试比试。

　　因此，小伙子们选择走公路，绕个大弯，安静而舒适地慢慢上山，对有时间而不愿流汗的人来说这正合适。伙计脱掉外套，搭在扛在肩膀上的手杖上。他不讲故事了，开始用一种粗野有趣的方式吹口哨，一直吹到比拉赫。路上有人对汉斯讽刺挖苦，汉斯没觉得什么，倒是奥古斯特很生气，马上予以反击。不知不觉中，比拉赫到了。

村庄里到处是红瓦与银灰色秸秆覆盖的屋顶，它们掩映在秋天成熟的果树色彩中，村后是黑黝黝的森林。

到底去哪家酒馆，几个年轻人意见不一。"铁锚"的啤酒最好，"天鹅"的蛋糕十分美味，而"麻辣角"老板的女儿非常漂亮。最终按奥古斯特的意思，大家先去"铁锚"。他用眼神暗示大家，先喝上几杯再去"麻辣角"也不迟，酒馆又不会自己跑掉。大家觉得有道理，于是进了村，经过马厩和堆满天竺葵秆的低矮的农家窗户，径直来到了"铁锚"。它金色的招牌越过两株树冠圆润的小栗树，在阳光下闪闪发光，诱惑着人们。遗憾的是，酒馆里已坐满了人，小伙子们只能在院里落座。

"铁锚"在客人眼里是个高档去处。它并非老式的农家酒馆，而是比较现代的砖砌方形建筑，有很多窗户，椅子代替了长凳，还有大量铁皮做的五颜六色的广告招牌。此外，女招待的穿着打扮也和城里人一样，店老板绝不会挽着衬衫袖子出现在店堂，他总是穿一身时髦的褐色西服。他原本已经破产，后来从主要债权人——一个啤酒作坊主——手里租下了自己的房子，此后倒更加体面了。庭院里有一棵合欢树，用铁丝栅栏围着，栅栏的一半爬满了野葡萄藤蔓。

"伙计们，干杯！"伙计一边喊着，一边和每个人碰杯，一口气干掉了一大杯。

"美丽的小姐，没酒了，再来一杯！"他朝女招待喊道，隔着桌子把半品脱的杯子递过去。

这儿的啤酒是一流的，清凉可口，还不太苦，汉斯很享受。奥古斯特好像蛮懂啤酒的样子，咂着舌头，像坏掉的炉子一样不断冒着烟。汉斯暗地里佩服他。

和懂得生活与享受的人们一起在酒馆里过个愉快的星期天，仿佛自己也值得拥有这一切，确实是个不坏的主意。和大家开怀大笑，偶尔大着胆子开个玩笑，喝完后把杯子重重地蹾在桌上，毫不顾忌地大喊一声："小姐，再来一杯！"这感觉真好，很有男人味儿。与邻桌的熟人碰个杯，左手夹着抽剩下的雪茄烟头，和别人一样歪戴着帽子，简直太有趣了！

这时，一起来的外厂伙计也热络起来，开始给大家讲故事。他知道乌尔姆有个钳工，一次能喝二十杯啤酒，那种乌尔姆的好啤酒。喝完后他总是一抹嘴，说：好啦，再给我来一瓶上好的葡萄酒！他还认识坎施塔特的一个伙夫，一次能吃十二根风干熟香肠，还为此赢过赌注。不过，第二次打赌他输了：他夸下海口要把一家餐馆菜谱上的菜全吃一遍，结果最后几道是各种奶酪，吃到第三种时，他把盘子一推，说：现在我宁可死也不能再吃一点点了！

这些故事也赢得大家热烈的掌声。世上好像的确有些这样的大肚汉，每人都知道个把这样的英雄和"事迹"，只不过有时是某个"斯图加特人"，有时是个龙骑兵，"唔，大概是在路德维希堡吧"。吃的有时是十七个土豆，换个人又成了十一张油煎饼和沙拉。讲故事的人一本正经，具体详实，满心相信世上有许多千奇百怪的人物和奇才。舒适惬意与客观具体是酒店老客庸常生活沿袭下来的可敬特质，像喝酒、讨论政治话题、吸烟、结婚和死亡一样，被年轻人很好地传承下来。

喝到第三杯时，有人问是不是蛋糕没了。喊来女招待一问，确实没了。大家很生气，奥古斯特起身说，既然蛋糕没了，咱们就换一家。外厂伙计数落着糟糕的餐馆，只有"法兰克福"人愿意留下，他和女招待已经混熟了，摸了她好几次，被汉斯无意中看到了。目睹这样的场景，再加上酒精的作用，汉斯有些奇怪地兴奋起来，他很高兴大家决定离开这家酒馆。

付了账单，一行人来到街上。汉斯开始感觉到那三杯酒的后劲儿：很舒服，半是疲劳半是兴致盎然，眼前仿佛蒙上了一片轻纱，一切看起来遥远而不真实，像在梦里一样。他不停地笑着，帽子歪得更厉害了，觉得自己十足是个花花公子。"法兰克福人"又吹起了好斗的口哨，汉斯试图按着他的节拍走。

"麻辣角"很清静，几个农民在喝新酿的葡萄酒。这儿不供应散啤，只有瓶装酒。侍者很快给每人端上来一瓶。外厂伙计想表示一下慷慨，给大伙儿要了一大份苹果蛋糕。汉斯忽然饿了，连吃了好几块。在老旧昏黄的酒馆小屋，他们舒舒服服地坐在结实宽厚的靠墙长凳上打发时光，老式餐具柜和大壁炉隐在半明半暗的光线中，两只山雀在大笼子里的木架上扑扇着翅膀，一根长满花楸果的树枝为它们提供食物。

店主人过来向客人问好。等他离开后，大家又重新聊起来。汉斯喝了几口浓烈的瓶啤，想试试看自己能否喝光一整瓶。

"法兰克福人"又夸夸其谈起来,从莱茵兰的葡萄节、学徒的漫游经历一直讲到客栈女人。大家听得很来劲儿,连汉斯也笑个没完。

忽然,他感觉有些不大对头,房间、桌子、酒瓶、杯子和伙伴们,全都混成一团云雾,要费很大力气才能分辨出它们的形状。有时,当谈话声和笑声热烈起来,他也大笑一下,或说点什么,但马上又忘了。大家碰杯时他也碰。一个小时后,他吃惊地发现自己的瓶子已经空了。

"酒量不错,"奥古斯特说,"再来一瓶?"汉斯笑着点头,觉得自己以前把喝大酒想象得太危险了。"法兰克福人"唱起了歌,大家都加入进来,汉斯也敞开喉咙高声唱起来。

这期间,酒馆客人多了起来,店主的女儿也出来帮忙。她高挑的个儿,很漂亮,脸色健康充满活力,一双褐色的眼睛显得很沉静。她给汉斯上啤酒时,坐在一旁的伙计甜言蜜语地向她献殷勤,她只当没听见,兴许是为了表示轻蔑,或者是更喜欢文雅的男孩儿,她转身朝着汉斯,摩挲几下他的头发,走回柜台。

伙计已经喝到第三瓶了。他追着店主的女儿,使出浑身解数想和她套近乎,却徒劳无果。高个女孩儿很冷淡,对他不理不睬，转身离开。他回到桌边，把空酒瓶重重地蹾在桌子上，兴奋地喊道："来呀，快活起来！孩子们，干杯！"

然后讲起粗俗的女人故事。

汉斯只隐约听到各种声音混在一起。快喝完第二瓶时，连说话甚至笑都困难了。他想走到山雀笼子边，去逗弄一下鸟儿，刚走了两步头就晕晕乎乎，几乎摔倒在地，只好又小心翼翼地走回来。

这时，自我放任的快乐逐渐消退，他知道自己醉了。狂饮不再有趣，他仿佛看见所有的不幸在远方等着他：回家的路，父亲的责骂，明天一早去车间。想到这里，他的头又疼了起来。

其他人也快活够了。奥古斯特趁着清醒付了账，一塔勒[1]没找回多少零钱。大家说笑着走上街头，夜晚的灯光照在他们身上。汉斯几乎站不直了，摇摇晃晃地靠在奥古斯特身上，让他拖着自己走。

外厂钳工多愁善感起来，唱着"明天我就要离开这里"，眼里闪着泪花。

原本要回家了，可是路过"天鹅"餐馆时，伙计坚持

---

1 塔勒是15至18世纪德国等中欧地区国家通用的银币。

要进去。汉斯在门口挣脱开来。

"我得回家了。"

"你一个人走不回去了。"伙计笑道。

"能行，我能行，我——必须——回家。"

"小家伙，那你至少得再来一杯白的！它会帮你走路，让胃好受些，你试试就知道了。"

汉斯感到手上多了个小玻璃杯，洒洒了很多，他把剩下的一饮而尽，喉咙里火一样烧起来。忽然涌起一阵强烈的恶心，他一个人走下台阶，浑然不觉地走出村子。房屋、篱笆和花园在他身边旋转、倾斜，乱成一团。

他在一棵苹果树下站住，躺到潮湿的草地上。无数令人厌恶的感觉、折磨人的恐惧和模糊不清的想法让他无法入睡。他觉得被搞脏、被玷污了。怎么回家呢？回去对父亲说些什么？明天又会怎样？他感觉如此痛苦，仿佛立刻就要安息长眠，或永远生活在羞耻中。他的头和眼睛很疼，连站起来继续走的力气都没有了。

突然间，先前的快乐景象仿佛迟到的、匆忙的波浪涌了回来。他扮了个鬼脸，兀自唱起来：

啊 亲爱的奥古斯丁，

奥古斯丁，奥古斯丁，

啊 亲爱的奥古斯丁，

一切都结束了。

还没唱完，他就感到一阵痛苦，一连串阴郁而模糊的意象和记忆，连同羞耻感和自责一起涌上心头。

他大声呻吟着、啜泣着扑倒在草地上。

一小时后，天已经大黑了。他站起身，踉踉跄跄地、吃力地向山下走去。

吉本拉特先生见儿子没回来吃饭，大发雷霆。九点钟，汉斯还没到家。他拿出那根好久不用的藤条，心想：这小子以为自己不再需要父亲的鞭子了吗？到了家可有他好瞧的！

十点钟，他锁上大门。如果公子想要夜游，那他自己能找到待的地方。

但他并没有睡去，而是怀着越来越大的怒气等着，等待有一只手试探门把手，小心地按响门铃。他想该如何教训一下游手好闲的儿子！这淘气鬼可能已经喝醉了，但他会清醒的，这个顽皮、滑头、卑鄙的家伙，看我不把他打个皮开肉绽！

终于，睡意战胜了他和他的怒火。

此时此刻，被父亲在远方威胁的汉斯，正安静地躺在黑暗而冰冷的河水中，顺着山谷缓缓而下。恶心、羞耻和苦痛都离开了他，秋日寒冷的浅蓝色夜空俯视着他在黑暗中飘流的瘦弱身体，漆黑的河水戏弄着他的双手、头发和苍白的嘴唇。没有人看到他，或许一只在天亮前猎食的胆小的水獭曾狡猾地看了他一眼，从他身边无声地滑过。没人知道他是怎么掉进水里的，可能是迷路了，在一个大斜坡上滑了一跤；也可能他想喝水，结果身体失去了平衡；兴许他被水的美丽所吸引，俯下身时，宁静而深邃的夜晚和银色的月光笼罩着他，疲惫与恐惧在寂静中将他逼进死亡的阴影。

白天有人发现了他，把他抬回家。诧异的父亲把藤条扔到一边，积攒了半天的怒气一下子泄掉了。他没有哭，也没流露出悲伤，可夜里却无法入睡，不时透过门缝望着自己那已经无声无息的孩子。男孩躺在干净的床上，额头依然显得优雅，面颊苍白并显出聪慧，仿佛命运多舛对他是一种特殊的际遇，是他与生俱来的特殊权利。前额和手上有些擦伤，泛着淡紫色，轮廓漂亮的脸庞好像在安睡，眼睛被白色眼皮覆盖，嘴没有闭紧，看上去很满足，几乎是快乐的样子。男孩的容貌仿佛开得正艳的花朵突然夭折，被生生地从快乐的轨道上拉了下来。深陷疲惫、孤寂与哀伤中的父亲也被这微笑的假象所迷惑。

葬礼吸引了许多前来送葬的和好奇的人。汉斯·吉本拉特又一次成为名人，引起大家的关注。老师、校长、本城牧师又一次参与到他的命运中。他们拄着手杖，戴着节日礼帽，一同随送葬的队伍来到墓地。他们在墓边站了一会儿，轻声交谈着。拉丁文老师显得尤其悲伤，校长对他轻声说：

"是啊，教授先生，他本来能出人头地的。可是优秀的人往往时运不济，这真是人间悲剧啊！"

弗拉伊格留在墓地，站在不断号啕大哭的父亲和安娜身旁。

"是啊，吉本拉特先生，这真是令人痛心，"他同情地说，"我也很爱这孩子的。"

"我真是不明白，"吉本拉特啜泣着，"他那么有天分，一切都顺利，上学、考试——可接下来却是一个又一个不幸！"

鞋匠指指那几个穿着小礼服正走出公墓大门的先生轻声说：

"把孩子弄到这般田地，那几位先生也有份啊。"

"什么？"吉本拉特惊骇地跳起来，疑惑而讶异地瞪着他。"哦，见鬼，为什么这么说？"

"别激动，我的好邻居，我说的只是学校里的先生们罢了。"

"为什么，怎么会这样？"

"嗨，没别的。您和我，我们在某些方面可能也耽误了孩子，您不这样认为吗？"

小城之上是一片欢快的淡蓝色天空，河水在山谷中闪耀，冷杉密布的山峦柔和苍翠，热切地伸向远方。鞋匠苦笑着，挽着吉本拉特的手臂。在这寂静的时刻，吉本拉特怀着异常痛苦的思索迟疑而羞惭地向他惯常存在的低地走去。

诺贝尔文学奖颁奖词

瑞典学院常务秘书安德斯·奥斯特林

今年的诺贝尔文学奖获得者是一位德裔作家，他广受评论界赞誉，冷静面对公众的喜爱，进行自己的创作。现年六十九岁的赫尔曼·黑塞作品甚丰，包括长篇小说、短篇小说以及诗歌，部分已经译为瑞典语。

与其他德国作家相比，他较早避开了政治压力；第一次世界大战期间，他定居瑞士，并于1923年获得瑞士国籍。但不应忽视的是，他的出身与个人关系一直都让他有充分理由认同自己既是瑞士人，也是德国人。在战争中避难于中立国，他因此可以在相对安宁的环境里继续自己重要的文学创作；如今，他与托马斯·曼一样，是现代文学中德国文化遗产的最佳代表。

要理解构成黑塞个性的那些相当令人惊异的元素，就必须知道他的个人背景。在这一点上，黑塞比大多数作家都要突出。他来自一个虔信宗教的施瓦本家庭。他的父亲是一位闻名的教会史学家，母亲则是一位传教士的女儿。她有法国血统，在印度受的教育。理所当然，赫尔曼也将要成为一名牧师，于是他被送到了毛尔布伦修道院的神学院。不过他逃出了神学院，跟一位制表匠做学徒，后来在图宾根和巴塞尔的多家书店工作。

年轻时对所继承的虔敬的反叛——但这种虔敬一直保存在心底——在一次痛苦的内心危机中再次出现；那是1914年，作为一个思想成熟之人，也是公认的地区文学名家，他走上了新的道路，远离了他此前田园牧歌式的路径。简要而言，导致黑塞作品这一深刻变化的有两个因素。

第一个当然是第一次世界大战。战争伊始，他想对激动的同行们发表一些关于和平与思考的意见，在自己的小册子中使用了贝多芬的格言"啊，朋友们，何必老调重弹"[1]，这引发了抗议风暴。他遭到德国新闻界的野蛮攻击，显然对这种经历深感震惊。他认为，这证明了自己长久以来所相信的整个欧洲文明已经患病，正在腐坏。必须是处

1　贝多芬《第九交响曲》第四乐章"欢乐颂"第一句歌词，原文是"O Freunde, nicht diese Töne"。该乐章歌词为席勒所创作的诗歌。

于公认规范之外的东西才能带来救赎，可能是来自东方的启示，也可能是深藏于无政府主义理论——用更高的统一来解决善与恶——之中的核心思想。这时，他极为苦恼，满腹怀疑，便到弗洛伊德的精神分析中去寻找解决之道，急切地身体力行，这在黑塞该时期日益胆壮气盛的作品中留下了永久的痕迹。

这场个人危机在《荒原狼》（1927）这部离奇的小说中得到了极大程度的表现，小说受灵感启发，叙述了人性的分裂，以及一个处在日常生活的社会和道德观念之外的个体内心欲望和理性之间的张力。用这样一则关于一个无家可归、如狼般狩猎、饱受神经衰弱症折磨的男人的寓言，黑塞创作了一部无可匹敌、极具爆发性的作品，它危险甚至可能致命，但同时，在处理主题过程中所融合的嘲讽性的幽默和诗意，又具有解放意义。尽管有着突出的现代问题，但黑塞在这里甚至保存了一种最优秀的德国传统的延续性；这个极度具有影射性的故事最容易让人想起作家 E. T. A. 霍夫曼 [1]，《魔鬼的万灵药》的作者。

1　E. T. A. 霍夫曼（E. T. A. Hoffmann, 1776—1822），德国作家，常在作品中以讽喻手法揭示人性中带有悲剧性或荒诞的方面，著有长篇小说《魔鬼的万灵药》《公猫摩尔的人生观》等。

黑塞的外祖父是著名印度学家贡德特。因此，甚至在童年时，作家就已经感受到了印度智慧的吸引力。当他成年以后前往所倾慕的国家旅行时，他确实没有解开生命的谜团，但是佛教的影响很快进入他的思想，这种影响绝不限于《悉达多》（1922）；《悉达多》是一个优美的故事，讲述了一位年轻的婆罗门如何在世上找寻生命的意义。

黑塞的创作结合了如此多样的影响，从佛陀和圣方济各到尼采和陀思妥耶夫斯基，以至于人们可能会怀疑，他主要是一位不同哲学的折中实验者。但这种观点大错特错。他的真诚与他的严肃是其创作的基础，即便是在处理最为恣肆的主题时都保持着妥善的控制。

在他最完善的中篇小说中，我们既要直接地也要间接地面对他的个性。他的风格一向令人赞佩，无论是表现叛逆与超凡的狂喜，还是表现冷静的哲学思考，都同样完美。在《回想录》（1937）中，绝望的盗用公款者克莱因——他逃往意大利以求最后的机会——的故事，以及对他已故兄弟汉斯所做的至为冷静的描绘，都是不同方面的创造性的纯熟范例。

在黑塞近期的创作中，小说巨著《玻璃球游戏》（1943）占据着特殊地位。这是一个关于神秘思想秩序的幻想，在英雄气质和苦修风格的水平上与耶稣会士相同，其基础则是运用沉思冥想作为一种治疗方法。小说有一种绝对必要的结构，在这一结构中，"游戏"的概念及其在文明中的作用，与荷兰学者赫伊津哈[1]对"游戏的人"（Homo ludens）所做的精妙研究有着令人称奇的相似性。黑塞满怀壮志。在崩溃时期，保存文化传统是一项意义重大的任务。但是通过把文化转变成仅属于极少数人的狂热追求，并不能让文化永久保持活力。如果有可能把多样化的知识缩减成抽象的公式体系，那我们一方面有证据说文明依赖于有机体系，另一方面则可以说这种高等知识并不能被认为是永久的。它就像玻璃球一样脆弱、容易毁坏；在瓦砾堆中找到这些闪闪发光的玻璃球的孩子不再明白它们意味着什么。这种哲理小说容易遭遇被称为深奥难解的风险，但黑塞用该书格言中几行温和的话为自己做了辩护："……在某些情况下，对于不负责任者而言，不存在之物可能比存在之物更易描述，付诸语言时也可承担更少责任，而在虔敬又谨严的历史学家这里，情况则相反；没有什么比语言更能破坏描述，也没有什么比把那些既不能证

---

1 赫伊津哈（Johan Huizinga, 1872—1945），荷兰历史学家，著有《中世纪的衰落》《伊拉斯谟》等。

实又不能探究其存在之物呈现于人们眼前更为必要，但正因为这个，虔敬又谨严的人们在一定程度上将它们作为存在之物来对待，以便他们有可能向着自己的存在与未来更进一步。"

如果说对黑塞作为一位散文体作家的声誉评价不一，那么他作为一位诗人，其声望是从未遭到任何质疑的。自从里尔克[1]和格奥尔格[2]去世之后，他便是我们时代最为重要的德语诗人。他将细腻纯净的风格与打动人心的情感温度相结合，具有音乐性的形式在我们时代里无人可以超越。他在延续歌德、艾兴多夫[3]和莫里克[4]的传统的同时，以自己独一无二的色彩使这一传统的诗歌魅力焕然一新。他的诗集《夜的慰藉》（1929）以非比寻常的澄澈不仅映照出他激动的内心、他健康和患病的阶段、他严苛的自我审视，也映照出他对生命的投入、他在绘画中感受到的欢愉以及他对自然的崇拜。后来的《新诗集》（1937）则充

---

1 里尔克（Rainer Maria Rilke，1875—1926），奥地利象征主义诗人，著有《图像集》《杜伊诺哀歌》等，诗作注重语言形象与音乐节奏，比喻奇特，想象突兀。

2 格奥尔格（Stefan George，1868—1933），德国诗人，著有《灵魂之年》《第七枚戒指》等，主张"为艺术而艺术"。

3 艾兴多夫（Joseph von Eichendorff，1788—1857），德国诗人、小说家，著有诗歌《破碎的小戒指》《在清凉的土地上》等，诗作多描写自然景色，有民歌特点。

4 莫里克（Eduard Mörike，1804—1875），德国诗人、小说家，著有诗歌《博登湖的牧歌》《九月的早晨》等，诗作自然质朴。

溢着暮年的智慧和忧郁的经历，显示出对形象、情绪和旋律的高度敏感性。

在概括性的介绍中，不可能公平地涵盖这位作家诸多处在变化中的特质，正是这些特质令他在我们眼中具有独特的吸引力，也为他赢得了忠实的追随者。他是一位有争议但也自我坦白的诗人，具备德国南部丰富的思想，这一思想在他极为个人化的自由和虔敬的混合中得到了表现。他有着充满激情的反抗倾向，一旦所涉题材对他来说是神圣的，胸中就燃起把梦想家转变成斗士的不灭火焰；如果忽视了这一点，那么人们或许会称他为浪漫主义诗人。黑塞在一篇文章中说，人绝对不能满足于现实，既不应该热爱现实，也不应该膜拜现实，因为这个永远让人失望、卑劣又荒凉的现实是无法改变的，除非证明我们有更为强大的力量，以此来否认它。

授予黑塞此奖并非仅仅是肯定他的盛名，更是向他的诗歌成就致敬；这一成就充分展现了一个奋力斗争的善良之人的形象，他以世所罕见的忠实恪守天职，在一个悲剧性的时代成功地握紧了保卫真正人道主义的武器。

很遗憾，由于健康原因，诗人无法来到斯德哥尔摩。瑞士联邦共和国公使将代替他领奖。

阁下，现在请您接受瑞典学院评出并由国王陛下亲手颁予您的同胞赫尔曼·黑塞的诺贝尔文学奖。

（韩继坤　译）

诺贝尔文学奖领奖词 [1]

值诸位此次欢乐相聚之时，我要送上热情而充满敬意的问候，同时，首先为自己未能亲身前来参加而深表遗憾，其次则要向诸位表达谢意。我的健康状况历来脆弱，自1933年后，多次病痛已经毁掉了我的毕生事业，一次复一次在我肩上压上重担，让我永久成为伤病之躯。但我的思想并未折损，我感觉与诸位并无二致，同样认同那种激励诺贝尔基金会的理念，即思想是国际性的、超越民族的，不应服务于战争或者毁灭，而应服务于和平与调停。

不过，我的理想并非要模糊民族个性，这会导致人类在心智上千篇一律。相反，我愿看到在我们所生活的这个可爱世界上，所有形式和色彩的多样化能够长久存在。如此多的种族、

1 由于黑塞未能出席1946年12月10日在斯德哥尔摩市政厅举行的诺贝尔奖晚宴，该领奖词由瑞典首相亨利·瓦洛通代为宣读。

如此多的民族、如此多的语言、如此多样的态度与观念能够并存，这是一件美妙的事情。如果说我对战争、征服和吞并抱有难以调和的恨意与敌意，那我有众多理由这样做，而且还因为，如此多自然成长起来的、高度个体化的、差异极大的人类文明成就，已经沦为这些黑暗力量的受害者。我厌恶这种"宏大的简化者"（grands simplificateurs），我热爱高度的质感，热爱无法模仿的技艺和独特性带来的感受。作为对你们满怀谢意的客人与同道中人，我要向你们的国家瑞典致意，向她的语言和文明致意，向她的悠久而令人自豪的历史致意，向她在塑造和维持其独特个性方面的坚持不懈致意。虽然我从未去过瑞典，但自从我收到来自瑞典的第一件礼物开始，数十年来，曾有许多美好事物从你们的国家来到我身边；这第一件礼物是四十年前的一本瑞典书，第一版的《基督传奇》，书中有塞尔玛·拉格洛夫[1]的个人献词。在这些年里，我与你们的国家有过珍贵的相互往来，直到最后，你们以这样一件伟大的礼物让我感到了惊喜。请容许我向你们表示深挚的感谢。

（韩继坤　译）

1　塞尔玛·拉格洛夫（1858—1940），瑞典作家，著有《耶路撒冷》《骑鹅旅行记》等，1909年获得诺贝尔文学奖。